中 华 好 诗 词

中华好诗词

爱国卷

愿得此生长报国

朱泽宝 编著

中国文史出版社

前言

　　"爱国主义是中华民族最为深厚的历史情感，是我们国家和民族自立自强的强大精神动力，是凝聚和鼓舞各族人民团结奋斗的一面旗帜。"中国人对国家的眷恋与热爱在世界各民族中是首屈一指的。中国幅员辽阔，历史悠久，物产富饶，长期以来带给国人以恒久的自信，而辽阔的山川与先进的文明滋养着人们对国家发自内心的热爱。

　　"在中国悠久的历史上，爱国主义始终是激昂的主旋律"。相应地，因为"诗言志"，在中国这个诗歌的国度中，诗歌始终澎湃着国人的爱国热情。"我国知识分子历来有浓厚的家国情怀，有强烈的社会责任感"。从先秦到晚清三千余年的诗歌史上，爱国诗歌从未缺席，自始至终都在那里抒发着、点燃着、引领着世世代代炎黄子孙对国家的忠诚之信仰与炽诚之爱恋。其光芒从未黯淡，其色调从未褪色，其声音还在历史的天空中绵绵不绝地回响，激荡着国人的灵魂。

　　对于古往今来的诗人来说，爱国的表达方式极多。挚爱着名山大川，如李白"一生好入名山游"，是为爱国；同情着民生疾苦，如屈原"长太息以掩涕兮，哀民生之多艰"，是为爱国；甚至效忠封建君主，对于古人来说，也是爱国的必有之义，如辛弃疾的宏愿"了却君王天下事，赢得生前身后名"。其他如我们国家的典章制度、风土人情、礼仪文化等莫不曾激起人们的爱国之念，这些感情也确实曾在历史进程中为国家的巩固与发展起到了很好的推动作用。

历史已反复证明，在所有的爱国情感中，最深沉的无疑是将个人的命运与国家的命运紧紧相连，将个人的升沉悲欢与国家的兴衰荣辱视为一体，甚至可以随时为国家的利益放弃自己的一切，哪怕是生命。在中国的爱国诗歌中，最能激荡后人热血与灵魂的，也正是这样的句子。本书所选，也基本上是基于这样的理念，即主要摘选历史上那些热情地为祖国歌哭呐喊的诗歌。

本书依照时代先后与文体特征，主要分为"先秦诗歌""汉魏六朝诗""隋唐诗""宋诗""宋词""元明清"六部分，每部分皆选编当时最有代表性的爱国诗歌。就时代而言，又以盛唐、南宋与晚清这三个时代所选诗歌最多。盛唐国力最强，整个社会充溢着建功立业的豪情，故盛唐诗歌集中展现出国家强盛时士人的追求与期待。南宋、晚清，这两个时期，国力危殆，民生痛苦，民族危机逐渐加深，诗人们在诗歌中寄托了救国救民的热忱，并对国家危亡的原因做了痛苦的思索，其勇气与魄力足以鼓荡起无数中华儿女的报国之志。

爱国诗歌是中国古典文学中不可多得的一笔财富，三千年来的爱国传统一脉相承，其对于今天的读者依然很有教育意义，必将使我们更深刻地认识我们的国家与民族，了解我们的文化，将这爱国诗篇一代代永远传唱下去，续写开来。

目　　录

先秦诗歌篇

汉魏六朝诗篇

宋 诗 篇

宋 词 篇

元明清篇

先秦诗歌篇

诗经·鄘风·载驰

　　载驰载驱，归唁卫侯。驱马悠悠，言至于漕。大夫跋涉，我心则忧。

　　既不我嘉，不能旋反。视尔不臧，我思不远。

　　既不我嘉，不能旋济。视尔不臧，我思不闷。

　　陟彼阿丘，言采其蝱。女子善怀，亦各有行。许人尤之，众穉且狂。

　　我行其野，芃芃其麦。控于大邦，谁因谁极？

　　大夫君子，无我有尤。百尔所思，不如我所之。

邶为卫附近的小国，在春秋早期即已纳入卫国，故邶风也常被视为卫国的歌谣。据考证，此诗的作者为许穆夫人，是中国历史上最早的女诗人。许穆夫人本为卫国公主，后嫁与许穆公为妻。此时卫国被狄人攻陷，母邦危急，许穆夫人忧心如焚，全诗便在这样的背景下展开。

全诗大意：我驾起马车飞驰奔走，急着回国慰问兄长卫侯。尽管长路悠悠，却也顾不得许多。这眼看就到漕城附近，不料那许国大夫们竟一路跋涉劝阻而来，向我喋喋不休，更增我心烦忧。纵使他们不赞成我的观点，我也不可能立即返回许国，马上就要渡过黄河了。他们毫无高见，我的思虑才是长远之谋。我要策马登上山丘，采摘贝母来缓解我的忧愁。女子天性本来就多谋善虑，我自有道理，许国人这时要将我责备，未免也太幼稚且狂悖。我计划穿过那丛密的麦地旷野，去大国陈诉卫国的困境，不知谁能提供依靠，谁能带来援助？你们这些大夫老爷，不要将我埋怨。你们考虑上百上千次，倒不如我亲自去跑一次。

全诗一开始，便是许穆夫人驰骋原野，以赴国难的飒爽英姿。紧接着，这种高昂的基调陡然顿挫，陷入无尽的矛盾与纠结中。原来许国国君及大夫皆不赞成许穆夫人的计划，一路跟来要加以劝阻。许穆夫人高瞻远瞩、深思熟虑的形象，在面对许国大夫的劝阻中，得以淋漓尽致地展现。全诗的二、三段在反复的陈述中，道尽了一往无前的执着与对许国大夫的鄙视。其爱憎交加的形象也由此跃然纸面。随后情绪略加舒缓，没有了与许国大夫的争论，而是策马上山，暂以疗忧。而在这短暂的平缓背后，蕴含着更强烈的谴责，责骂其"穉且狂"。此诗内涵的丰富性还在于不仅刻画出许穆夫人的爱国热情，更将其烦乱的心绪渲染备至。虽绝不苟同许国君臣的退缩行为，可卫国的前途要如何拯救，还是没有良策，其心绪正如田野中的麦浪起伏不定，背后隐喻着前途莫测的困楚。在激烈的争论中间，这一段描写如夏日凉风，令人精神一爽。可诗人没有让这种纷乱的情绪占据上风，最后还是决定去执意一试，而绝不坐而论道实际上无所作为。

诗经·王风·黍离

　　彼黍离离，彼稷之苗。行迈靡靡，中心摇摇。知我者，谓我心忧；不知我者，谓我何求。悠悠苍天，此何人哉？

　　彼黍离离，彼稷之穗。行迈靡靡，中心如醉。知我者，谓我心忧；不知我者，谓我何求。悠悠苍天，此何人哉？

　　彼黍离离，彼稷之实。行迈靡靡，中心如噎。知我者，谓我心忧；不知我者，谓我何求。悠悠苍天，此何人哉？

所谓"王风",就是东周时期周天子直接统治的区域,在今河南洛阳一带。西周灭亡,平王东迁洛阳,周王室威严不存,其地位渐等同于各诸侯国,故也将其地的诗歌称为"风"。当时不仅东周衰微,连旧都镐京亦是一片废墟。周大夫因公事出行,经过故都遗址,触目伤怀,不能自已,感而作此诗。

全诗大意:看那地里小米长势正旺,那高粱苗儿也不停地抽穗生长、结实。那孤独的行人走在路上,身影摇摇晃晃,心里也是晃晃荡荡,仿佛喝醉了一般。能够理解他的人,肯定知道他心里的忧伤究竟所为何物;那不能理解他的人,却说他既有如今的地位,还有什么好忧愁的呢?为什么还要另作他想?那行人唯有仰天长叹,叩问那悠悠苍天,到底是什么人把国家糟蹋成这个模样!

诗人心中蕴含无限悲凉感慨,要开口时却又无话可说,所能说的也就不过是黍与稷的长势而已,大有"却道天凉好个秋"的意味。诗人的愁绪也只在这看似平常的话语中不断酝酿,直至最后的仰天而问,激愤喷薄而出。全诗为了铺垫之悲慨,采用了重章叠唱的写法,每段只换个别字,让诗人的悲怀绵绵泄出。仿佛不如此,不足以言悲;即便如此反复述说,总还有无尽余哀溢于言外。虽诗中没有正面提及亡国的悲痛,但这种悲痛却是弥漫在字里行间,无法磨灭。另外,诗中提及"稷"在不同时期的生长面貌,也从侧面反映诗人在此地停留之久,正如朱熹所说,因其"徘徊而不忍去",更见其心地淳厚,心悲难抑。"黍离"一词,自此成为亡国之悲的代名词。全诗的匠心在于将本为巍巍宫殿的旧都与垄头庄稼糅合在一处,其间的艺术张力令人心叹神惊。庄稼在本不该其生长的地方苗壮成长,从另一个角度也就意味着旧时繁华再难复返。这种小中见大的写法,在后世的同类诗歌中影响很大。如杜甫《春望》"国破山河在,城春草木深",孔尚任《桃花扇·哀江南》"当年粉黛,何处笙箫?罢灯船端阳不闹,收酒旗重九无聊。白鸟飘飘,绿水滔滔,嫩黄花有些蝶飞,新红叶无个人瞧"等都是这路写法。《黍离》在中国诗歌史上的意义巨大,不仅开创了书写亡国之音的题材,还启迪着后人的写作思路。

诗经·秦风·无衣

岂曰无衣？与子同袍。王于兴师，修我戈矛，与子同仇！
岂曰无衣？与子同泽。王于兴师，修我矛戟，与子偕作！
岂曰无衣？与子同裳。王于兴师，修我甲兵，与子偕行！

此诗是秦地的歌谣，不愧是声势豪壮的战歌，充满着同仇敌忾、慷慨激昂的格调。全诗深合秦地物产贫瘠而民众刚健勇猛的特点，集中表现了秦国军民共御外侮的高昂士气和乐观心态，风格强健而爽朗，正是秦人高昂的爱国主义精神的反映。在古代的战争诗中可谓别具一格。正如清代吴闿生在《诗义会通》中所评论的那样："英壮迈往，非唐人出塞诸诗所及。"

　　全诗大意：你怎么能说没有衣服，就与你同披一件战袍吧！大王已经发布号令，召兵作战，我们这就去修理战戈与长矛，去准备盔甲。起来啊！我们要一起作战，击败寇仇。

　　此诗的开头如那一曲豪迈的秦腔，直接反问，将感情立刻推向高潮，透露出无比的乐观与豪气。而将《诗经》中重章叠唱之妙处也在此诗中展现得淋漓备至，成为其最主要的艺术特征。这种手法的运用，既表达出秦国将士的坚定执着与强烈的同仇敌忾，更将磅礴的情怀与激昂的情绪传唱无遗，仿佛天地之间皆荡漾着这猎猎战歌。从细处来看，全诗三章，又同中有异，层次分明，极为讲究。第一章明确共同的敌人，故能"与子同仇"；第二章似乎情势更为急迫，故号召战士们准备作战，要"与子偕作"；第三章则直接发出奔赴战场的呼喊。局面愈转愈迫，而战士们的作战意志毫不动摇，备显其强健的战斗精神。其气势仿佛摇天彻地，令人读完还深深地沉浸在那高昂的战歌中。

诗经·小雅·采薇

采薇采薇，薇亦作止。曰归曰归，岁亦莫止。
靡室靡家，猃狁之故。不遑启居，猃狁之故。
采薇采薇，薇亦柔止。曰归曰归，心亦忧止。
忧心烈烈，载饥载渴。我戍未定，靡使归聘。
采薇采薇，薇亦刚止。曰归曰归，岁亦阳止。
王事靡盬，不遑启处。忧心孔疚，我行不来。
彼尔维何？维常之华。彼路斯何？君子之车。
戎车既驾，四牡业业。岂敢定居？一月三捷。
驾彼四牡，四牡骙骙。君子所依，小人所腓。
四牡翼翼，象弭鱼服。岂不日戒？猃狁孔棘。
昔我往矣，杨柳依依。今我来思，雨雪霏霏。
行道迟迟，载渴载饥。我心伤悲，莫知我哀！

《小雅》一般被认为是周代的公卿大夫们所作的诗歌。此诗相传作于周宣王时期，当时北方的猃狁不断进犯中原，周军出塞反击作战，双方的战争旷日持久，给人民带来了深重的灾难。此诗就深刻地体现了战士们在战争中的爱国情怀与细腻情思。

全诗大意：采着那野豌豆充作军粮，在那野豌豆刚刚破土而出的时候。早已期盼回到故乡，可又要在边关度过年终。如今的我没有故园妻儿，也无片刻安居的闲暇时光，都因那北方的猃狁一直侵扰不去。那野豌豆叶子已经变得柔嫩，而我思乡的忧愁竟如野火般蔓延，忧心如那饥渴的样貌难以隐瞒。如今的我四处转战毫无定所，故乡遥遥，更没有使者来安慰询问。已经是十月光景，那野豌豆叶子已经开始变硬变老。国家多难不得片刻安闲，我继续在边关各处转战。思归之心愈演愈烈，可回家的步伐还不能迈开。那边开的野花是什么？原来是象征兄弟情谊的棠棣之花。那座高大的车子是什么？原来是主帅行军的战车。高大的战车已经出发，拉车的骏马气势昂昂。再也没有安闲的时候，前方战况激烈，一月之间就已大胜三场。那战车高大威武，无论主帅与士卒，都以此来抵挡敌人的侵袭。我军容豪迈，队列整齐，武器精良，更有那强弓与长箭，不惧那敌人来势汹汹。当年我从军的时候，正是杨柳枝条漫天飞舞；现在我来此，又是那飞雪飘满天。长长的道路好像永远也走不完，饥寒交迫不知何日是终极。我的心中充满着悲伤，可这又能与何人讲？

《采薇》在中国的诗歌传统中一直是奋身赴边、抵御外侮的象征，毛泽东主席在抗日战争最紧张的时刻写诗追悼戴安澜将军时就说道："外侮需人御，将军赋《采薇》。"可以说，《采薇》中的声音，在中华健儿的血液中绵绵流淌，召唤着随时奋起，抵御强敌。此诗的可贵之处在于没有单纯地喊口号，没有纯粹地强调爱国主义精神，而是在爱国的背后寄寓着复杂的个人情感。思乡的情愫时时煎熬，故园的风物如此令人迷恋，而前方的敌人又是如此来势汹汹，战场情势如此复杂多变，如此等等都在诗中得到反复的渲染。而这一切，并不能削弱战士的卫国情怀，反倒刻画出一个有情有义的铁血男儿。诗中的战士在思家与报国的矛盾纠结中，依然选择投身戎行，先公后家。如此布局，表现出战争真实的一面，也由此将其中的爱国情怀铺叙得更为真切而可敬。

诗经·小雅·出车

我出我车，于彼牧矣。自天子所，谓我来矣。
召彼仆夫，谓之载矣。王事多难，维其棘矣。
我出我车，于彼郊矣。设此旐矣，建彼旄矣。
彼旟旐斯，胡不旆旆？忧心悄悄，仆夫况瘁。
王命南仲，往城于方。出车彭彭，旂旐央央。
天子命我，城彼朔方。赫赫南仲，猃狁于襄。
昔我往矣，黍稷方华。今我来思，雨雪载途。
王事多难，不遑启居。岂不怀归？畏此简书。
喓喓草虫，趯趯阜螽。未见君子，忧心忡忡。
既见君子，我心则降。赫赫南仲，薄伐西戎。
春日迟迟，卉木萋萋。仓庚喈喈，采蘩祁祁。
执讯获丑，薄言还归。赫赫南仲，猃狁于夷。

此诗与《采薇》所作的时代背景相近，都是周朝征伐北方猃狁时所作，同样表达出慷慨报国的情怀，而谋篇布局却别有洞天。

全诗大意：战车战马已准备停当，在国都的郊外等待诏命。天子在宫中发出号令，号召我们奔赴前方。召唤来善于驾车的马夫，带上他们一起出发。国家正当危急存亡之秋，军情紧急，需要集赴边关。

我乘坐战车准备出征，军容整齐排列在都城门边。看那大旗上绘满龟蛇，看那漂亮羽毛插在大旗顶端。在浩浩大风中猎猎招展的，正是那画着雄鹰的大旗。此次出征胜负难料，看那出征儿郎有喜有忧。

大王命令南仲大将军，在遥远的朔方构筑边城。看那战车气势磅礴，看那战旗随风猎猎。我要加入这光辉的行程，追随南仲大将军，一举荡平凶恶的猃狁。

当年我出发的时候，小米和高粱正抽芽吐秀。现在我走的道路，大雪泥泞满途。国家多难，怎能去安闲偷懒。也不是不想家，军情急迫不容归去。

想象我那遥远的家乡，有小虫和蚱蜢在草中欢唱跳跃。我那美丽的妻子，正满怀期待地等我归去。等到我跟着南仲大将军荡平西戎，便是归去之日。

春天和暖，花木茂盛，黄莺在唱着动听的歌谣，可爱的女孩子们在原野中轻快采蘩。为了保卫这和平，我们此次出师克捷，擒获敌酋，声势浩荡，一举将猃狁彻底解决。

与《采薇》主要描写战士心迹不同的是，此诗写出了作战的全过程。从列阵待发，到行军阵势，再到克敌制胜，一览无遗。同时也闪烁着思妇的怀恋，荡漾着家乡的丽景。如此纷繁的题材，巧妙地统一在一篇诗中，表现出作者高超的布局能力。清代学者方玉润在《诗经原始》中就说："此诗以伐猃狁为主脑，西戎为余波，凯还为正意，出征为追述，征夫往来所见为实景，室家思念为虚怀。头绪既多，结体易于散漫。唯全诗，一伐猃狁，一归献俘。皆以南仲为束笔。不唯见功归将之美，而且有制局整严之妙。作者匠心独运处，故能使繁者理而散者齐也。"

楚辞·九歌·国殇

屈　原

操吴戈兮被犀甲，车错毂兮短兵接。
旌蔽日兮敌若云，矢交坠兮士争先。
凌余阵兮躐余行，左骖殪兮右刃伤。
霾两轮兮絷四马，援玉枹兮击鸣鼓。
天时坠兮威灵怒，严杀尽兮弃原野。
出不入兮往不反，平原忽兮路超远。
带长剑兮挟秦弓，首身离兮心不惩。
诚既勇兮又以武，终刚强兮不可凌。
身既死兮神以灵，子魂魄兮为鬼雄。

先秦时代，楚国民间好巫风，重淫祭，沅水、湘水流域更是广为流传着祭祀神灵的歌谣。相传屈原流放期间，见祭神歌词鄙陋，遂加以润色改造，形成今天的《九歌》。《九歌》共十一首，前九首为祭祀东皇太一、云中君等神灵，第十一首为《礼魂》，表示祭祀的终止。《国殇》为第十首，祭祀的则是为国战死的亡灵，风格雄壮，与其他篇目明显不同，彰显了楚人浓厚的爱国主义精神。

全诗大意：手持精良的兵器，身披厚实的盔甲，在那惨烈的战场上纵横厮杀。战况激烈，双方战车相撞，我们只得与敌人短兵相接。敌人势大，他们的战旗遮天蔽日，他们的队伍如云般涌来，那箭雨纷纷落下，而我们丝毫不惧，奋勇争先。敌人冲入我们的战阵，打乱我们的队列，我们的战马非死即伤。事到如今，那就索性埋上车轮，拴住马匹，打起鼓来，与敌人决一死战。搏杀一整天，将士们的尸体早已布满原野。当年昂然出征，如今战死他乡，归路漫漫，魂灵再难返回故乡。饶是如此，尽管身首异处，也毫不改卫国初衷。烈士们的魂灵啊，你们又勇敢，又武力超群，性格刚强，不容欺凌。尽管战死，英灵犹存，在那个世界，你们坚毅的魂魄，也可以做鬼中之雄啊！

全诗结构严谨，布列有序，谋篇布局间彰显着爱国的激情。如清代学者林云铭《楚辞灯》所说："三闾先叙其方战而勇，既死而武，死后而毅。极力描写，不但以慰死魂，亦以作士气，张国威也。"全诗分两段。第一段写战场上的激烈搏杀，将那一场恶战渲染得惊心动魄，历历如生。在紧张的战事描写间，通过正面铺写战士们的精良甲胄，侧面渲染敌人的强大，再正面写将士们豪迈的作战动作与决死的决心，刻画出一支豪迈勇毅的精兵形象。第二段则写后人对这些战死亡灵的歌颂，歌颂其为国献身的气节与不屈的灵魂，吟咏间尽现其雄豪赤忱之心。正与前段的激烈战场搏杀相互呼应。全诗字里行间充溢着雄峻之气，洋溢着不可遏制的爱国激情与决死的勇气，绝无丝毫软弱胆怯之感，与后世的战场诗迥然不同，堪称一曲光耀中国诗册的激昂战歌。

汉魏六朝诗篇

蒿里行

曹 操

关东有义士，兴兵讨群凶。
初期会盟津，乃心在咸阳。
军合力不齐，踌躇而雁行。
势利使人争，嗣还自相戕。
淮南弟称号，刻玺于北方。
铠甲生虮虱，万姓以死亡。
白骨露于野，千里无鸡鸣。
生民百遗一，念之断人肠。

曹操（155—220），字孟德，东汉末年著名的政治家、军事家、诗人。经过《三国演义》的演绎，曹操留在普通民众心中的形象就是一个处心积虑要篡夺汉朝天下的白脸奸臣形象。当我们阅读曹操的诗作，走进曹操真实的内心世界，会发现曹操是一个极为有趣且复杂的人物。至少在他的早年，是真诚地关心民瘼，心系社稷，希望能有一番作为。这首《蒿里行》就是最好的证明。

全诗大意：董卓祸乱朝纲，虎牢关以东的义士们联盟起兵讨伐。按照战略规范，第一步在孟津会师，最后目的是杀到关西，颠覆董卓的老巢。不料这些反董卓军队虽然聚集在一起，却貌合神离，不能用力于一处。可叹的是因为一点点势利之争，联军内部就自相残杀。且看做弟弟的袁术在淮南擅自称帝自立，做哥哥的袁绍在河北刻出玉玺也心怀不轨。长期的战争，让士兵们的铠甲上都生满了虱子，更不要提平民们的大量死亡。满眼都是那白骨铺满了原野，行军千里竟也听不到一处鸡鸣。经过连年的战乱，生存下来的百姓不到战前的百分之一，何其惨苦，每想到此，不免肝肠欲断。

《蒿里行》本为汉乐府旧题，多与出殡、墓葬等相连，曹操以此为题，写东汉末年大战乱带来的灾难，不啻为普天下死于战争的百姓写就的一曲挽歌。如清人方东树的《昭昧詹言》中说："此用乐府题，叙汉末时事。所以然者，以所咏丧亡之哀，足当哀歌也。"

此诗通篇采用白描的手法，绝无丝毫的雕饰之处，以冷静自然的笔触将那场人寰大劫无情地展现在读者面前。的确，如此惨象，不用过多的渲染，足以令人目骇心惊。前十句用极凝练的语言将反董卓联盟从兴起到离散的过程原原本本地说出来，就是对那段历史的真实记录，并在平淡中将诗人的满腔悲愤和盘托出。接着，诗人将笔墨从上层的军阀纷争转向对人民苦难的如实描写。这是一般的汉末军阀难以做到的，在对惨象的揭露中，透露出诗人对人民的无限同情与无限哀婉。全诗在"生民百遗一，念之断人肠"的悲怆感中戛然而止，而诗人的感情也在此趋于沸点，其留下的丰富的想象空间，极大地增强了诗歌的感染力。

白 马 篇

曹 植

白马饰金羁，连翩西北驰。
借问谁家子，幽并游侠儿。
少小去乡邑，扬声沙漠垂。
宿昔秉良弓，楛矢何参差。
控弦破左的，右发摧月支。
仰手接飞猱，俯身散马蹄。
狡捷过猴猿，勇剽若豹螭。
边城多警急，虏骑数迁移。
羽檄从北来，厉马登高堤。
长驱蹈匈奴，左顾凌鲜卑。
弃身锋刃端，性命安可怀？
父母且不顾，何言子与妻！
名编壮士籍，不得中顾私。
捐躯赴国难，视死忽如归！

曹植（192—232），字子建，曹操第四子。文采风流，冠绝一代。在东汉末年大战乱的环境中，在曹操"昼携壮士破坚阵，夜接词人赋华屋"风格的影响下，早年的曹植充满着建功立业、舍身为国的雄心。此诗就是对这种心态的如实展现。

全诗大意：那幽并之地的游侠骑士，正骑着佩戴宝鞍的白马向西北翩翩驰去。他年纪轻轻时就离别了家乡，希望到边塞大显身手。这少年武艺高强，那楛木箭和强弓从不离身，他拉开弓如满月，还能左右射击，那一箭箭中靶心不差毫厘。飞骑射裂了箭靶"月支"，转身又射碎箭靶"马蹄"。他灵巧敏捷赛过猿猴，又勇猛轻疾如同豹螭。现在听说国家边境军情紧急，凶傲的胡人一次又一次进犯内地。告急信从北方雪片般传来，建功立业的时机已到，游侠儿跃马上高堤，慷慨请战。此次出师，势必要跟随大军直捣匈奴巢穴，再顺手扫除鲜卑敌骑，以永绝边患。怎不知道战事无情，但游侠之士寄身锋刃，从不将个人安危放在心里。国难当头，父母也不能孝顺服侍，更哪能去念及那儿女妻子呢。姓名既然已列上战士名册，那就应该忘掉个人私利。生在此国难当头之世，自当有为国捐躯的信念。至于死亡，那又有什么惧怕，不过将其看作回家而已。

此诗通过大量的铺陈，描绘出一位武艺高强又舍身为国的少年英雄形象。从开头至"扬声沙漠垂"，为游侠少年画了一个轮廓，但其间的英风意气已逼人，白马、金羁、连翩、西北、幽并、沙漠等词的使用，边塞健儿的形象已扑面而来。从"宿昔秉良弓"到"勇剽若豹螭"，则不厌其烦地渲染游侠少年的武艺高强。此中设句用词极有讲究。首先，一连串对偶句的使用从感官上给读者以这少年武功绝技不可穷尽之感，同时又显得语气铿锵，合乎诗题。其次，"破""摧""接""散"四个动词的使用，从四面八方写少年身手矫捷，令人目不暇接。猴猿、豹螭的比拟则是对少年武艺的直接概括。从"边城多警急"到最后，则主要写少年身赴国难的壮志豪情。一身正气与前面提到的武功高强结合起来，一个理想中的英雄人物呼之欲出。应该说，这样的英雄形象，既是曹植的自我期许，又是那个时代充满理想的青年的共同选择。

杂　诗（其五）

曹　植

仆夫早严驾，吾将远行游。
远游欲何之，吴国为我仇。
将骋万里涂，东路安足由。
江介多悲风，淮泗驰急流。
愿欲一轻济，惜哉无方舟。
闲居非吾志，甘心赴国忧。

此诗作于曹植的人生后半段，是《杂诗七首》的第五首。曹操死后，曹丕继位称帝，曹植作为昔日储君之位的争夺者，一直饱受猜忌。虽名为王爵，实同囚徒。然而曹植报国的热念并未因此泯灭，始终还保持着随时效命疆场的渴望。

全诗大意：马夫们早已准备好车驾，我将要到远方巡游。要问我远方在哪里，正是那我国的宿仇东吴啊。我要驰骋在那万里疆场，东归的路途我又怎么可能前往。长江边正刮着慷慨悲风，淮水与泗水也正在汹涌奔流。我想轻师渡过，可惜没有过江的舟楫。整日闲居，根本不是我的心愿，我甘愿舍弃性命去为国分忧。

此诗以诗意的方式生动地刻画出理想与现实间的巨大冲突。全诗整体上可以分为两大段。前八句为第一段，传神地描绘出一个英风俊逸的爱国志士的形象。前四句写出诗人奔赴疆场的急切，"顶针格"的运用，使得上下句间的衔接如行云流水，也暗示着报效祖国的心肠不容动摇。五、六句是诗人畅想在战场奔驰时的英姿，是其心愿的外化。其中"东路"指的是诗人从首都洛阳到封地山东鄄城的道路，即废置之旅。诗人在这里痛快淋漓地表达了对这种生活的弃绝。七、八句以边关的悲风、急流来衬托其慷慨出征的豪壮之感。后四句为第二段，情绪转为低徊深沉。诗人先以渡河"无方舟"来暗示其一心报国而没有机会的可悲境遇，令人哀婉。最后将纷飞的思绪拉入"闲居"的现实，陈述自己的心愿，看似细细低诉，然则其间寄寓着莫大的悲愤与期待。

杂　诗（其六）

曹　植

飞观百余尺，临牖御棂轩。
远望周千里，朝夕见平原。
烈士多悲心，小人偷自闲。
国雠亮不塞，甘心思丧元。
拊剑西南望，思欲赴太山。
弦急悲声发，聆我慷慨言。

此诗是曹植《杂诗七首》的第六首。在主题上一如既往地表达着报国无门的愤慨，在表现形式上却与上首多有不同。

　　全诗大意：我登上这百余尺的楼台，临窗凭轩四处遥望，而能朝夕入眼的不过是这千里无尽的平原罢了。此情此景，壮怀激烈的志士唯有悲情难诉。对于小人来说，恐怕还窃喜其安逸偷闲。一想到国家的敌人还没有荡平，我不由得愤愤不平，按剑西南而望，恨不得要捐躯报国。趁着这悲凉的弦声，就听听我这慷慨的言辞吧。

　　此诗前四句写其所见之景，虽语意平淡，却波澜横生，其中寄寓着深沉的哀思。一、二句写所登楼台之高，因为不高不足以销其忧思。三、四句从时间与空间两个方面描绘出其眼中的景致，无论远近，不分朝夕，都是无尽的平原而已。这不变的景致，暗藏着诗人的无尽愤慨，因为这承载不起其壮烈的心境。五、六句交代出了原因，如此安逸平淡的生活，对于小人来说是享受，对于诗人这样的志士则是无尽的折磨。诗人"囚徒"生活中的悲苦于此立现。接下来四句则极力渲染其誓要战死沙场、力除西蜀的雄心壮志，其对目前生活的无比厌倦也就可想而知。诗中提到的"太山"，即是"泰山"，是魏晋南北朝时期传说中人死魂灵所归之处。全诗的最后以弦声来指代心声，既急且悲，正是诗人晚年心境的全部展现。

咏 怀 （其三十九）

阮 籍

壮士何慷慨，志欲威八荒。
驱车远行役，受命念自忘。
良弓挟乌号，明甲有精光。
临难不顾生，身死魂飞扬。
岂为全躯士，效命争战场。
忠为百世荣，义使令名彰。
垂声谢后世，气节故有常。

阮籍（210—263），字嗣宗，陈留尉氏（今河南尉氏）人。曾任步兵校尉，故世称"阮步兵"。性旷达，喜饮酒，为"竹林七贤"之一。后人辑有《阮步兵集》传世。阮籍曾作《咏怀》诗八十二首，多表现其在魏晋易代之时彷徨痛苦的心境，意绪低沉，此诗一反常态，呈现出一个英气勃发的志士形象。

全诗大意：那慷慨激昂的志士，梦想着要威服八荒。取车出征，接受皇命，舍己报国，带着那精良的武器奔赴战场。面对危难，怎肯做那苟全偷安之人，定要效命疆场，为国捐躯。这样忠肝义胆的人物，声名注定会万世传诵，向这世间昭示着气节的意义。

全诗着力赞叹志士的慷慨之思与效死的决心。前两句囊括全诗，意境豪放，而其中又蕴藏着无尽的悲怀。据《说文解字》，"慷慨"意为"壮士不得志于心"，可见此等雄杰壮阔中又暗藏了多少无奈。自"驱车远行役"到"效命争战场"，皆为描述其"威八荒"之志，将壮士的英武风采和奔赴国难的神情以及视死如归的决心刻画得淋漓尽致，大有楚辞《离骚》"出不入兮往不反"的风范，读之令人动容。最后四句是对志士风采的伦理评价，高度赞赏其忠义之举，意兴高扬，颇有建安风骨。这也正是阮籍的自我期许，期待在那个混浊的魏晋易代之际能建功立业，洗涤尘世间的浊气。

咏 史 (其一)

左 思

弱冠弄柔翰，卓荦观群书。
著论准《过秦》，作赋拟《子虚》。
边城苦鸣镝，羽檄飞京都。
虽非甲胄士，畴昔览《穰苴》。
长啸激清风，志若无东吴。
铅刀贵一割，梦想骋良图。
左眄澄江湘，右盼定羌胡。
功成不受爵，长揖归田庐。

左思（约250—305），字太冲，齐国临淄（今山东淄博）人。西晋时期著名文学家。曾作《三都赋》，被当世推崇，世称"洛阳纸贵"。左思出身庶族，在讲究门第观念的西晋颇遭排挤，故其诗歌多表达内心的愤懑以及建功立业的豪情。

全诗大意：我年方弱冠之际便能写诗作文，博览群书，文采风流，可以比肩贾谊、司马相如等前代的大文豪。当边关被敌人侵犯、朝廷震惊时，我也极其愤慨。虽然我不是武将，但也曾饱读《司马穰苴兵法》这样的兵书，早怀豪情壮志，更没有将东吴这样的蕞尔小邦放在眼里。我一旦被启用，必将施展心中的壮志，必要荡平东南的东吴与西北的胡人。等到功成名就之时，我不会贪恋朝廷的爵禄，回归田园生活，才是我的愿望。

此诗极力渲染诗人的才华与志向。前四句写其博学能文，其中一、二句总写其才华，气度不凡；三、四句举例证明，以政论文最为杰出的贾谊的《过秦论》与辞赋最佳的司马相如的《子虚赋》自许，足见其气魄之大。接着四句以国家有变，引起其军事抱负的描写，暗示其为文武双全的人物，应当被国家所重用。随后提到的"长啸"是魏晋名士的常见行为，多用来表示隐逸的情怀，而诗人这里用以抒发为国家平定祸患的期望。"铅刀"是钝刀，这是诗人的谦称，是对要施展才华的跃跃欲试。其"良图"即为荡平国家所有的忧患，志向宏伟。这里提到的"江湘"和"羌胡"指的是当时西晋在南北两线分别进行的战事。"（咸宁）五年（279）春正月，虏帅树能机攻陷凉州。乙丑，使讨虏护军武威太守马隆击之。……十一月，大举伐吴……十二月，马隆击叛虏树能机，大破，斩之，凉州平。"可见诗人对时事的关注以及参与其中的激情。最后畅想胜利后的姿态，功成身退，归隐田园，这是鲁仲连以来的志士们传承下来的遗风。全诗意气豪迈，将一位文武兼备、忠心报国的志士心态烘托得淋漓尽致。

咏 史（其三）

左 思

吾希段干木，偃息藩魏君。
吾慕鲁仲连，谈笑却秦军。
当世贵不羁，遭难能解纷。
功成耻受赏，高节卓不群。
临组不肯绁，对珪宁肯分。
连玺曜前庭，比之犹浮云。

此诗最大的特色是诗人将其报效国家的社会价值与高尚志节的个人价值巧妙地结合在一起，呈现出忠心爱国而不慕荣华的英才形象。

全诗大意：我钦佩段干木这样的贤士，虽隐逸林泉也能使魏国免遭侵犯；我仰慕鲁仲连这样的英雄，在谈笑之间就能使强秦撤退。这样的人虽然有豪放不羁的个性，却又能为国家排忧解难。在大功告成之时，又不接受国家的奖赏，这样的节操又是何等卓尔不群啊。所谓官位，所谓爵禄，有人看起来荣耀无比，而在他们来看，不过如浮云一样不值一提。

此诗极力赞颂能为国家消除患难而又功成不居的高风亮节的贤人形象。首先以段干木、鲁仲连两位先秦贤人的事迹来寄寓自身的抱负，他们的言行做派也正是诗人企慕的对象。段干木是战国时期魏国的隐士，魏文侯尊之为师，《吕氏春秋》载，秦军将要攻魏时，有人劝谏秦王说："段干木贤者也，而魏礼之，天下莫不闻，无乃不可加兵乎!"秦国为之退兵。鲁仲连是战国末年的侠士，当秦军挟长平战胜的余威兵围邯郸时，鲁仲连说服魏国与赵国联合，逼退了秦军。此诗前四句写两人皆是以个人的才能德行而拯救国家的危难，随后的四句单独评价鲁仲连，语言直白而饱含真情，推崇其能做事而又不居功的高尚节操，正如《史记·鲁仲连列传》所载"所贵于天下之士者，为人排患、释难、解纷乱而无所取也"。这也正是中国历代正直文人的人格理想。接下来两句写鲁仲连辞去爵禄的具体动作，正因描写得细致，更见其真切，与诗人仰慕之深。最后通过一组对比，将鲁仲连不慕荣华势力的节操烘托得更为高尚。

重赠卢谌

刘　琨

握中有悬璧，本自荆山璆。
惟彼太公望，昔在渭滨叟。
邓生何感激，千里来相求。
白登幸曲逆，鸿门赖留侯。
重耳任五贤，小白相射钩。
苟能隆二伯，安问党与雠？
中夜抚枕叹，想与数子游。
吾衰久矣夫，何其不梦周？
谁云圣达节，知命故不忧。
宣尼悲获麟，西狩涕孔丘。
功业未及建，夕阳忽西流。
时哉不我与，去乎若云浮。
未实陨劲风，繁英落素秋。
狭路倾华盖，骇驷摧双辀。
何意百炼刚，化为绕指柔。

刘琨（271—318），字越石，中山魏昌（今河北无极县）人。西晋军事家、文学家。刘琨早年为"金谷二十四友"之一，后任并州刺史。洛阳沦陷后，刘琨一直在北方坚持抗敌斗争。并州军事失利后，刘琨投奔鲜卑人段匹磾，后被段匹磾囚禁，最终被杀。此诗正作于拘禁时期。卢谌曾任刘琨的主簿，刘琨写此诗即意在向卢谌求援，激励他和自己一起重振大业。

全诗大意：胸中的才华品德，宛如美玉纯洁无瑕。姜尚在遇到周文王之前，不过是渭水边的一介钓叟。年轻的邓禹为光武帝的招抚令而感动振奋，不远千里前去投奔。汉高祖刘邦在白登遇险，幸赖曲逆侯陈平的良策；在鸿门宴上又有留侯张良的巧计保全。同样是霸主，晋文公重耳重用的是流亡时追随他的五个贤臣，齐桓公小白却任用曾射他一箭的管仲为相。如果能成就霸业，那么就不计较要起用的人曾经是恩人或者是仇人。夜半而起，抚枕叹息，我也期待着像古贤人那样建功立业。可能是我已经衰老多日，不然为何长久不梦见周公。怎么能说圣人乐天知命不解忧伤呢？当年的先圣孔子不是还为鲁公获麟而叹息流涕吗？可惜我还没有建立功业，岁月已经无情消逝，宛若飘过的白云那般迅疾。我的事业宛如还未成熟的果实陨落在秋风中，如繁盛的鲜花飘荡在秋霜下。世路艰险，车翻马惊。当时怎么能没有料到呢，已经千锤百炼的钢铁，竟然可以变作在指头上缠绕的柔丝。

此诗充满着英雄末路之悲，字里行间氤氲着不灭的感情与壮志难酬的不甘。全诗的前两句以美玉来称赞卢谌的才华品行，寄寓着浓烈的期待，期待他能从段匹磾的囚禁中拯救自己。接下来连用六个典故，以排比的气势，传达自己投身晋朝复兴事业的雄心与感召卢谌的策略。姜尚与邓禹的故事，用来说明贤才需要英明君主的任用，暗示晋朝才是正义的一方；以陈平与张良的故事，说明明君也需要贤臣的辅佐，意味着卢谌若能心向晋朝必然会受到重用，发挥作用。重耳与小白的故事，表明其能不计前嫌，不计较卢谌曾为鲜卑人效力的历史。后半段则是对现实处境的感喟，以孔子的典故来惋惜其英雄失路的悲哀与愤懑，最后又以果实、繁花作比，表示功败垂成的无比惋惜。最后两句，尤为精湛，将昔日豪情万丈与此时英雄末路的对比描画得极为巧妙，在慷慨激昂的语调中传达出无比悲凉的情绪，感人至深。正如清人施闰章所言："非英雄失志、身经多难之人，不知此语酸鼻。"

代出自蓟北门行

鲍　照

羽檄起边亭，烽火入咸阳。
征师屯广武，分兵救朔方。
严秋筋竿劲，虏阵精且强。
天子按剑怒，使者遥相望。
雁行缘石径，鱼贯度飞梁。
箫鼓流汉思，旌甲被胡霜。
疾风冲塞起，沙砾自飘扬。
马毛缩如蝟，角弓不可张。
时危见臣节，世乱识忠良。
投躯报明主，身死为国殇。

鲍照（约415—470），字明远，祖籍东海（今山东郯城），久居建康（今江苏南京）。南朝刘宋时期著名文学家。因曾任临海王刘子顼的前军参军，故世称"鲍参军"。与颜延之、谢灵运合称"元嘉三大家"，其诗风俊逸豪放，对李白等盛唐诗人产生了重要的影响。有《鲍参军集》传世。

　　全诗大意：边疆传来了战争的消息，首都已大为震惊。前线战马奔驰，军情紧急，敌人正可谓兵强马壮。皇帝问询极为愤怒，派出的使臣络绎不绝，派遣的大军急赴战场。尽管环境艰苦，也难以磨灭将士们报国的热心。臣子们的忠心必显现于危难之时，此次为了保卫国家，即使战死也在所不辞。

　　全诗生动地刻画出一幅将士奔赴战场的历史画卷。开头即以跳跃式的镜头，多角度、多层次地表现出战争爆发时边塞的危急以及敌人的强横。接下来写天子的反应，具有承上启下、衔接全诗的意义。"按剑怒"三字，传神地写出了皇帝勃发的怒气，下文的一系列动作皆由此展开。随后以两联工整的对句，写出了汉军投入战场时的豪迈与英勇。"雁行"与"鱼贯"两句，写队伍的艰苦跋涉与纪律严明；"箫鼓"与"旌甲"两句描绘出将士们朴素的爱国之情与不畏艰难的牺牲精神。接着四句以遒劲的笔触写出战场严酷的风光，用以反衬最后四句将士们的决心，衔接得别具匠心。"时危见臣节，世乱识忠良。投躯报明主，身死为国殇"，既写出了将士们为国捐躯的豪壮，也寄寓着诗人"士为知己者死"的衷肠，极有概括力。

拟 古（其一）

鲍 照

幽并重骑射，少年好驰逐。
毡带佩双鞬，象弧插雕服。
兽肥春草短，飞鞚越平陆。
朝游雁门上，暮还楼烦宿。
石梁有余劲，惊雀无全目。
汉虏方未和，边城屡翻覆。
留我一白羽，将以分虎竹。

此诗深受曹植《白马篇》影响，赞颂幽并少年的武艺与其为国立功的理想，同时在诗歌的风格上又别有特色。

全诗大意：幽并之地的少年喜好骑射之事，佩带好箭矢，整理好行装，在春日的原野去追逐那肥美的野兽。一日千里，横跨雁门、楼烦等地。其箭术超群，足以匹配古人。如今汉家与胡人还未达成和平，边疆屡有冲突。那么我就留下一支羽箭，等待朝廷的诏令。

此诗共分两段，前十句是对少年高超武艺的极力渲染，后四句则是轻轻点出其为国出力的心愿，余味悠长。具体来说，开头两句是对《白马篇》"白马饰金羁，连翩西北驰。借问谁家子，幽并游侠儿"的概括，用笔精简而凝练有力，颇见功力。中间八句则是对少年行装与武艺的正面描写，重点是在对"骑射"二字的渲染。三、四句写其行头精美，暗示着少年卓尔不群的轩昂神态。五、六句又将聚焦的镜头拉远，在广漠的原野上凸显其英姿。接着写少年能朝暮驰逐在"雁门""楼烦"两个相距甚远的地点，暗示其骑术高超。随后的两个典故，极力渲染出少年的箭术非凡。石梁用宋景公的典故，《阚子》载："宋景公使工人为弓，九年乃成。公曰：'何其迟也。'工人对曰：'臣不复见君矣，臣之精尽于此弓矣。'献弓而归，三日而死。景公登虎圈之台，援弓东面而射之，矢逾于西霜之山，集于彭城之东，其余力益劲，犹饮羽于石梁。"表示其膂力之强劲、箭头之锐利，足以射入遥远的石头之中。惊雀则出自后羿的典故。《帝王世纪》载："帝羿有穷氏与吴贺北游，贺使羿射雀。羿曰：'生之乎？杀之乎？'贺曰：'射其左目。'羿引弓射之，误中右目，羿抑而愧，终身不忘。"至此为止，诗人渲染的是其高超的武艺，接下来写其热烈的爱国愿望，而表达的方式则委婉含蓄，同时又豪气十足，少年表示愿以剩下的一箭为国家平定祸患。诗中提到的"虎竹"分别是指铜虎符和竹使符，是汉代大将统兵作战的印信与凭据。由此可见少年的勇武与雄心，一位爱国的勇武少年形象由此跃然纸上。

胡无人行

吴 均

剑头利如芒，恒持照眼光。
铁骑追骁虏，金羁讨黠羌。
高秋八九月，胡地早风霜。
男儿不惜死，破胆与君尝。

吴均（469—520），字叔庠，南朝齐梁时代文学家、史学家，吴兴故鄣（今浙江安吉）人。吴均在诗歌创作上颇有成就，自成一体，世称"吴均体"。另有志怪小说《续齐谐记》传世。《胡无人行》本是乐府名，出自《相和歌辞·瑟调曲》，多写边塞征战之事。吴均在其中融入了鲜明的个人情思。

　　全诗大意：宝剑的锋芒是多么锐利，拿在手中，那光芒明亮刺眼。身披铠甲，骑上战马，去追讨那狡猾的敌人。此时虽然是八九月份，但是胡地早已是满眼风霜。好男儿不惧生死，不信，我就剖开肝胆，让你一尝！

　　吴均是齐梁文人，当时国界的北限也就是淮河一带，故而吴均从未到过西北"胡地"，但诗中洋溢着慷慨激昂的激情与激越凌厉的气概，足以令人神移。全诗开篇写剑芒的锋利，选材奇巧，自古宝剑赠烈士，由此亦可见将士精神的激昂无前。三、四句写追击敌人的英姿，"铁骑"与"金羁"状我军的声势浩大，而"骁虏""黠羌"以敌人的凶猛反衬我军的豪迈无惧。短短十字，即将势吞强敌的气魄与穷追敌寇的战场画面描写得淋漓尽致。五、六句写战场的严酷，一个"早"字更是衬托出边关将士们长期坚守边关的坚韧，其坚韧报国的胸怀也就呼之欲出。最后两句饱含激情，最为慷慨壮烈，是其将士们以身许国的庄严告白，掷地有声，令人印象深刻。全诗语句凝练，笔力雄健，再辅以铿锵有力的声调，堪称雄浑激昂的爱国诗篇。

出自蓟北门行

徐　陵

蓟北聊长望，黄昏心独愁。
燕山对古刹，代郡隐城楼。
屡战桥恒断，长冰堑不流。
天云如地阵，汉月带胡秋。
渍土泥函谷，接绳缚凉州。
平生燕颔相，会自得封侯。

徐陵（507—583），字孝穆，东海郯（今山东郯城）人。南朝梁陈时代的著名文人。徐陵是"宫体诗"的代表人物，诗风本以轻靡绮艳著称，但这首诗却格调高昂，意境阔远，在梁、陈诗歌中是难得的边塞佳作。

全诗大意：黄昏时刻，在蓟北一带举目遥望，心中感慨万千。看那燕山对着古刹，代郡的城楼在远方隐没。这里常战乱不息，桥梁早已断绝，河水也是一片冰封。天上的云彩宛如地上的战阵，连汉地的月亮也带着胡天萧瑟的气息。面对强虏，我自信心满怀，此去征战，必然吉人天相，功成封侯。

此诗前四句以蓟北、燕山、代郡等地名，勾勒出辽远的边关景象，衬托出诗人要在广阔天地大展身手的气魄。中间四句则将目光收回到眼前，以眼前的景象来指代远方的普遍情景。诗人眼前的景象，这里无论是桥梁、河流、云彩还是月亮，都染上了战争的气息，萧瑟而峥嵘。在这里，诗人急欲征战的心情与边关苍凉的景色完美地融合在一起。最后，诗人直接宣告了其建功立业的雄心，所用典故亦极为恰当。"溃土泥函谷"典出《汉书》中王元的话"元请以一丸泥，为大王东封函谷关"，象征着保家卫国的决心与自信。最后，再引用《后汉书》中对班超的评价"生燕颔虎颈，飞而食肉，此万里封侯相也"，暗示边关的将士们也将如班超般立功绝域，报国封侯。全诗意调高昂，情景交融，表达了极为雄壮的爱国情怀。

隋唐诗

出　塞 (其一)

杨　素

漠南胡未空，汉将复临戎。
飞狐出塞北，碣石指辽东。
冠军临瀚海，长平翼大风。
云横虎落阵，气抱龙城虹。
横行万里外，胡运百年穷。
兵寝星芒落，战解月轮空。
严鏕息夜斗，骍角罢鸣弓。
北风嘶朔马，胡霜切塞鸿。
休明大道暨，幽荒日用同。
方就长安邸，来谒建章宫。

杨素（544—606），字处道，弘农郡华阴县（今陕西华阴）人。隋朝开国功臣，后率军灭陈、讨突厥，居功至伟。后辅佐隋炀帝杨广登基，权倾一时。杨素位高权重，长期在边塞征战，故其诗歌多为气象磅礴之作。

全诗大意：漠南的敌人还没有消灭，汉家大将再次率军远征。一路征伐经过飞狐、碣石，直至胡人的心腹之地塞北、瀚海。大军所到之处气势恢宏，气吞山河，直抵虏廷，胡人的命数也将于此告终。战争过后，星沉月落，只留下一片刁斗、弓角之声。战马在风中嘶鸣，大雁在风霜中飞翔。从此以后，天下太平，四海一家。将士们自班师回朝，到建章宫接受皇帝的奖赏。

全诗写出了汉家将士一次出征的全过程，堪为杨素边关征战的生动写照。一、二句是写战争的背景，交代出征的意义，即排除敌人对中原的威胁。三、四句详细地交代出征的路线，十字之间带出四个边关地名，显得阔大而壮观。诗人更以冠军侯霍去病、长平侯卫青的胜利来比拟此次的军事行动，洋溢着不输前人的豪情。接下来提到的"虎落""龙城"，皆是匈奴祭祀天地、大会酋长的处所，象征着虏廷。这里表示汉军的战伐已直达此处，将敌人的老巢变作战场。《隋书》记载杨素"出云州击突厥，连破之"，就是对这一段的生动注脚。而"胡运百年穷"正是诗人对这场战争意义的深刻概括，足见其政治家、军事家的眼光。事实上，隋炀帝、杨素对突厥的一系列军事行动，使得突厥元气大伤，为后来唐朝彻底平息突厥侵扰奠定了重要的基础。随后对战后战场的勾勒，动中带静，以静衬动，仿佛当时激烈的战场厮杀还回旋在耳际，显得惊心动魄，余味无穷。最后以凯旋还朝，表示此次军事行动的结束。曲终奏雅，正是传统诗歌的写作路数。

从 军 行

杨 炯

烽火照西京，心中自不平。
牙璋辞凤阙，铁骑绕龙城。
雪暗凋旗画，风多杂鼓声。
宁为百夫长，胜作一书生。

杨炯（650—693），华州华阴（今陕西华阴）人。唐朝初年著名诗人，与王勃、卢照邻、骆宾王合称"初唐四杰"。曾任盈川县令，世称"杨盈川"。后人辑有《杨盈川集》传世。

全诗大意：战火已经照耀到京城长安，心中油然奋起不平之气。将军手持兵符辞别皇都，率领大军攻击敌人要地。大雪漫天，已模糊了战旗上的图案；大风猎猎，其中掺杂着战鼓之声。我宁愿做个低级军官为国冲锋陷阵，也不愿做一介书生。

《从军行》为乐府旧题，此诗以此为题描写出战争的雄浑场面与士子参军报国的豪情。全诗开篇即以一个"照"字，烘托出危急的军情；一个"自"字写出自然而然的爱国激情，将士子的情绪与国家的安危结合在一起。三、四句道出唐军出征的场景与征伐的路线，"牙璋"与"铁骑"对称工稳，典雅庄重，透露着汉家大军出师的庄严与隆重。而"绕龙城"借用霍去病破匈奴的典故，暗示着唐军已深入虏廷，取得胜利。五、六句写战场风光，将唐军的军容与自然风物巧妙地结合在一起，分别从视觉、听觉的角度来形容战场环境的艰苦，同时衬托出将士们保家卫国的大无畏的豪情。最后两句直白地表露心声，在这幅爱国画卷的感召下，士人们再也不愿空守笔砚，而是要去疆场效力。这是唐代前期强健的士林风气的真实写照，感染着一代代读书人从戎报国的决心。全诗用笔凝练，句意工稳，是唐代早期边塞诗歌的杰出代表。

杂 诗 (其三)

沈佺期

闻道黄龙戍，频年不解兵。
可怜闺里月，长在汉家营。
少妇今春意，良人昨夜情。
谁能将旗鼓，一为取龙城。

沈佺期（约656—约715），字云卿，相州内黄（今河南内黄县）人。唐代著名诗人，与宋之问齐名，合称"沈宋"，是律诗的开创者之一。

全诗大意：听说黄龙城的战争绵延许久，远远没有和平。闺中的女子寂寞地望月，她们的良人正在汉军的营帐。少妇们在春夜想起良人的时刻，也正是征人望乡的时候。不知谁才能率领大军，一举荡平边患。

《杂诗》自魏晋以来，多写相思之意。沈佺期在诗中糅入征人思妇之感，在传统的题材上加入期盼和平的意愿。全诗以女子的口气娓娓道来，字里行间充溢着反战的怨愤，而又委婉动人。首联交代了全诗的背景，"闻道"二字极其准确，与"频年"连用，表示这场连绵不休的战事已经给全国的百姓带来深重的伤害，成为举国议论的话题。那么，诗中呈现的思妇之怨与愿，就很有普遍意义。颔联以"月"来象征相思，"闺里月"在"汉家营"前，意味着少妇的思念已随丈夫而去，不露声色间揭示出思妇心中的苦楚。颈联则直白地道出双方之"怨"，双方皆在痛苦中度过美好的春光与月夜，这种痛苦已是不可压抑，终于，在尾联道出了心声。渴盼有良将出现，一举结束战祸。全诗构思精巧，手法新颖，各句之间错落有致，极富诗歌的美感。

感　遇（其三十五）

陈子昂

本为贵公子，平生实爱才。
感时思报国，拔剑起蒿莱。
西驰丁零塞，北上单于台。
登山见千里，怀古心悠哉。
谁言未忘祸？磨灭成尘埃。

陈子昂（659—700），字伯玉，今四川射洪人。曾任右拾遗，世称陈拾遗，有《陈拾遗集》传世。陈子昂在唐初诗歌史上有着重要的地位，提倡风骨刚健的诗风，对于扭转齐梁以来诗风浮靡的不良习气有着重要意义。故当时有人评价其为"横制颓波，天下翕然质文一变"。陈子昂作有《感遇》诗三十八首，多是抒发怀抱之作。这里所选为第三十五首。

　　全诗大意：虽然出身贵公子，但也极其敬仰那些古代的英雄。心怀报国之心，带着宝剑离开家乡。向西驰骋过丁零人的要塞，北方则直达匈奴人祭天的高台。登山一览千里风光，不禁心怀千古思绪。一旦忘记了边患，那些功业即将磨灭成尘埃了。

　　此诗大致作于垂拱二年（686），陈子昂随军到达河西走廊时，感于时事，挥笔写就。全诗开篇即直抒胸臆，点明其追配古人的心胸与情怀。三、四句以极富动作化的场景描绘出慷慨报国、辞家赴边的情态，显示出"贵公子"志在四方的雄心。接下来两句写从军所达到的地方。丁零分布在辽阔的西部，单于台位于北方，两句合而观之，展示出唐军纵横四方的非凡气势。而这并不是此诗的写作意图，七、八句突然一转，借登山怀古，勾起苍茫心事，即最后两句提到的要保持国家太平，必须居安思危。可谓片语动人，实一篇之警策。陈子昂在《为乔补阙论突厥表》中谈道："使良时一过，匈虏复兴，则万代为患。虽后悔之，亦不及矣。"可与此诗对照阅读。陈子昂敏锐的政治洞察力也于此尽显，不能徒以诗人目之。

和陆明府赠将军重出塞

陈子昂

忽闻天上将，关塞重横行。
始返楼兰国，还向朔方城。
黄金装战马，白羽集神兵。
星月开天阵，山川列地营。
晚风吹画角，春色耀飞旌。
宁知班定远，犹是一书生。

此诗是一篇唱和之作，却写得虎虎有生气，毫无矫揉造作、无病呻吟之弊。诗题中的"将军"应是当时领军出塞的左豹韬卫将军刘敬同。全诗骨气强劲，感情淋漓，已脱去六朝诗的摹拟习气，开盛唐边塞诗之先声。

全诗大意：听说大将军刚从西域回朝，又再次纵横塞上，率大军向朔方城进发。大军兵甲精良，鞍马壮丽，弓箭充足。所过之处，随地扎营，也极有阵法可寻。看那营地的鼓角在晚风中荡漾，而战旗正在春光里摇曳。可是，又有谁知道，这支大军的统帅，还依然保留着书生本色呢？

此诗借赞扬统兵大将而展示出唐军的军威，洋溢着激昂的爱国热情。起首二句点出将军的身份，因刘敬同为禁军统领，故而称其为"天上将"。"重"字启下三、四句，交代将军的戎马倥偬，为国家征战而席不暇暖的精神。这里连用两个古地名，也是唐初边塞诗的常见风格。五、六句对仗严整，大军的威武之貌尽现纸上。接下来两句又写到将军善于运用阵法，上合星象，下依地形。据《太公六韬》："星辰日月斗杓，一左一右，一迎一背，谓之天阵。"次二句在紧张的行军中突然插入战场的风物描写，给读者以特殊的审美感受，既写出了出师气象之壮美，同时也极有静谧柔和之美。结尾处以投笔从戎的班超来称颂出塞的将军不改其儒生本色。这其实也是陈子昂对唐军将帅的普遍期待。全诗意象挺拔，意蕴悠长，堪称唐初边塞诗的名篇。

送魏大从军

陈子昂

匈奴犹未灭，魏绛复从戎。
怅别三河道，言追六郡雄。
雁山横代北，狐塞接云中。
勿使燕然上，惟留汉将功。

魏大是陈子昂的友人，生平不详。全诗格调超逸，文辞简练而生动。从诗人对魏大的殷切希望，可看出其保家卫国的坚决与建功立业的雄心。

全诗大意：塞外的敌人还没有消灭，魏姓的儿郎在此从军杀敌。这次挥别家乡，定要做出比肩古人的丰功伟业。代北的雁门山、云中郡旁的飞狐塞，都会是大军纵横驰骋的战场。千万不要让汉朝的将领，在驱逐外敌上独享成功。

全诗气势豪迈，起句便极为壮烈。匈奴代指当时为患塞北的突厥，而魏绛本是春秋时晋国防御戎狄的大夫，此处指代同姓的魏大。这也是古人用典的常见手法，即以同姓古人来指称今人。三、四句对仗整齐，过渡自然，写出了魏大辞家赴边的过程。古代以河东、河内、河南三郡合称"三河"，位于中原腹心地带；"六郡"指汉朝的陇西、天水、安定、北地、上郡、西河等六郡，汉代出击匈奴，多是六郡的良家子从军。五、六句仅仅通过四个地名的铺写组合，就写出大军出师的威武雄壮，极有笔力。结尾以窦宪北伐北匈奴，在燕然山勒铭而返的事迹，来激励魏大也要建立这样的功业，不能让窦宪专美于前，表现出唐人极为豪迈的气概。

从军行（其四）

王昌龄

青海长云暗雪山，
孤城遥望玉门关。
黄沙百战穿金甲，
不破楼兰终不还。

王昌龄（约 698—756），字少伯，京兆万年（今陕西西安）人，一说河东晋阳（今山西太原）人。盛唐时期著名诗人，有"诗天子""诗家夫子""七绝圣手"等美誉，边塞诗尤为擅长。《从军行》为乐府旧题。王昌龄曾创作一组七首，主要抒发戍边将士的情怀。这里所选为第四首。

全诗大意：青海湖上蒸腾起大量的云彩，使得祁连山上的雪色都显得暗淡。边塞孤城与玉门关遥相对应，分外雄壮！百战过后，黄沙已击破了战士们的铠甲，而其不胜不还的壮志雄心还丝毫没有动摇。

全诗前两句呈现出气象非凡的千里边关图，这是对边关将士生活环境的写意画。其中青海与玉门关这两个地点的选择很有讲究。盛唐时期，唐朝面临的两大边患，一为吐蕃，一为突厥，而青海湖与玉门关正分别是与这两大势力征战的要害之地。由此亦可见，诗人在其中寄寓着浓重的责任感，将士们要守卫国家的豪兴都融会在这壮阔而迷蒙的场景下，显得格外凝重而深厚。三、四句由情景交融的环境描写转到直抒胸臆。其中第三句尤见功力，概括力极强，战场环境的艰苦、戍边时间的漫长、敌人的声势浩大、战斗的频繁持久，都饱含在其中。"黄沙"的使用，尤显边塞气息。诗人的感情并没有停留在对战士征战之苦的同情，笔锋到了第四句又是陡然一转，原来被黄沙击破的金甲只是为了反衬将士们百战难改的壮志雄心。行文至此，诗人的意图已然显豁，而这口号又没有流于空洞。战士们的誓言已与广袤的边塞环境融为一体，似乎正是这豪壮的山川激发起男儿的壮志。全诗情景融合，写景见情，写情衬景，表现得极为巧妙。

从军行（其五）

王昌龄

大漠风尘日色昏，
红旗半卷出辕门。
前军夜战洮河北，
已报生擒吐谷浑。

此诗为《从军行》七首中的第五首，写出唐军与来犯的外族部队的一场激战，传神地描绘出获胜时酣畅淋漓的愉悦之情。

全诗大意：大漠之上，风尘四起，阳光都被漫天的尘埃所遮盖。就在这时，大军接到命令，半卷红旗，匆忙驶出辕门之外。忽然接到捷报，先头部队昨夜在洮河一战大获全胜，已经生擒敌方首领。

此诗写战，一开始却没有直面写战场情势，而是渲染大漠风光。但见狂风卷沙，风沙漫天，连天色也为之黑暗。这实际上已经写到了战争，极得不写之写之妙。一方面，可以状唐军奋战环境之艰苦，衬托其乐观无畏的牺牲精神；另一方面，也可见敌人声势之浩大，更能显现唐军胜利之意义。接下来正面写到大军出击，"半卷"红旗这一细节描写尤为传神，生动地写出大军出兵行动神速，唐军的精神风貌也由此可见一斑。最后两句突然宕开一笔，没有继续交代这支军队的命运如何，而是突然插入先头部队的捷报。从侧面入手，再现唐军的又一场大胜。洮河发源于青海，在甘肃汇入黄河。吐谷浑为唐初生活在青海东部的少数民族，这里以其来借指敌军首脑。"已报"留足了读者想象这场鏖战的空间，而"生擒"二字则干脆利落地展现了这场胜利的兴奋。至于"半卷红旗"这支部队的前景如何，在这场胜利的映衬下，读者自然也会抱以极高的期待。全诗主要从虚处入手，却又将唐军的昂扬斗志与强大的战斗力展现得活灵活现，令读者沉醉其中，显示出极高的文学创造力。

出　塞（其一）

王昌龄

秦时明月汉时关，
万里长征人未还。
但使龙城飞将在，
不教胡马度阴山。

王昌龄是唐代第一流的边塞诗人，其写边塞争战并不仅仅着眼于一城一地的局部战斗，心中蕴藏着极为庞大的格局，对战争与和平有着深刻的认识。这首《出塞》即为突出的代表。

　　全诗大意：秦汉时的明月万古长存，秦汉时代筑造的关塞至今尚在，千百年来，那些征战万里的将士，尚没有几人归来。其实，只需要像李广那样的飞将军驻守边关，敌人就再也不敢兴犯边之心，自然有那万古的太平。

　　此诗开篇意象宏阔，使用双关的手法，将读者拉入那遥远的时空，而那秦汉时的边关风物与如今亦别无二致，即透露出边塞争战之苦从古至今并未改变的残酷现实。第二句承上而出，在千年的时间之外，更叠加以万里的空间；以无情的明月边关依然尚在对比着有血有肉的将士有去无还，用笔极为克制，却在不动声色之间已将战争的绵长与残酷揭露得无以复加。面对如此无情的战争，诗人在最后两句中给出了解决方案。"龙城"本为汉代匈奴祭天之处，卫青曾率汉军直捣此地，获得卓越的战功；"飞将"即飞将军李广，其长期驻守边关，令匈奴人望而却步。由此可见，诗人对卫青、李广这样的名将寄寓着深切的期望，希望由他们带来胡人不敢南下、确保边关和平的战略效果。对古代名将抱以强烈期待，也暗藏着对当时将帅守边不利的强烈声讨。结合前两句来分析，这其中蕴藏着更大的悲剧，即秦汉以来无尽的边关征战本可以避免，正是将帅不利，才使得兵连祸结。诗人对和平的渴望与庸将的控诉呼之欲出，由此也可以看出诗人对强大国家的强烈追求。

出　塞（其二）

王昌龄

骝马新跨白玉鞍，
战罢沙场月色寒。
城头铁鼓声犹振，
匣里金刀血未干。

此诗写出一场大战过后的战场情境，洋溢着无比昂扬的军威军容，透露出大唐将士一往无前的英勇豪迈。

全诗大意：那雄壮的骏马刚刚配上白玉制的雕鞍，大战刚罢，只剩一轮清寒的月色笼罩着战场。似乎万籁俱寂，但细听，城墙上头号召进击的铁鼓声似乎还在那里呼呼振响；试看，刚用来杀敌的宝刀饱蘸鲜血，此时虽已入匣，还依旧残留着血光。

此诗全篇都在歌颂大战的胜利，却无一笔从正面着手，通过反复的侧面烘托已将大军得胜的豪迈展露无遗。首句写宝马，写雕鞍，风神飒飒，虽然看似平凡无奇，但置身于血雨腥风的战场，却表达出大战过后我军尚军容整齐的意味。言外之意，这场战争是我军大胜。此句交代战果，却不露痕迹。第二句在诗中起到了过渡的作用，既正面交代战场情境，写其一片静寂，清冷之境扑面而来，而诗人随后又对这份寂静表示否定。第三句，写那隆隆的战鼓似乎还在耳边震动，既是承月色下的冷清之氛围而来，前后衔接自然，更重要的是反衬出当时作战之激烈，以至于战斗结束后还似乎余音不息。第三句写听觉感受，最后一句则转入视觉印象。按说入匣的宝刀已清洗一遍，但现在这把刀中居然还残留着血迹，足见在刚才的战斗中杀敌之多，胜利之大。正与第一句相呼应，两句在一起，集中将这场酣畅的胜利表现得无比干脆利落。全诗从反面入手，前后对应，转合有致，在短短的四句间蕴藏着丰富的内容，却又将激动的心情表达得极为节制。诗人真不愧"七绝圣手"之誉。

望蓟门

祖　咏

燕台一望客心惊，箫鼓喧喧汉将营。
万里寒光生积雪，三边曙色动危旌。
沙场烽火连胡月，海畔云山拥蓟城。
少小虽非投笔吏，论功还欲请长缨。

祖咏（699—746），河南洛阳人。盛唐诗人。唐人殷璠评价其诗为"剪刻省净，用思尤苦，气虽不高，调颇凌俗"。此诗呈现出的边塞风光极具盛唐气息，清人吴汝纶认为其"调高气厚，为七言律正始之音"。

全诗大意：我登上燕台，极目望去，不禁心中一惊。那箫鼓震动之地，原来是汉家军队的营地。绵延万里的积雪上闪烁着阵阵寒光，高高的战旗在阳光中随风飘扬。战场上的烽火映照着皎洁的月光，蓟城在海涛云阵间傲然矗立。我虽然不像班超那样少年时便投笔从戎，还是想效仿终军那样去边庭立功。

此诗境界阔大，音响高亮，是盛唐边塞诗的典型代表，洋溢着热切的爱国激情。开篇首句相当于全诗的核心与主句，"望"字总括以下五句，"惊"字则写出登台时的主观感受，结局的抒情即是对首句的照应。或有人认为作者"心惊"是感慨安禄山图谋造反之行径，实则不然，这里纯粹指诗人为边塞风光所震撼。次句写眼前之景，辅以听觉，刻画出军营氛围之整肃与主帅之威严，同时也透露出无尽的欣羡之意，最后的"论功还欲请长缨"即是在此场景的刺激下而发。颔联由近景而扩及远景，既写出边塞的广袤，更透露出征戍的艰苦，其中还暗藏着军情的危急。"生""动"二字，为诗人着重锤炼之字眼，隐现边关生活的无限生气。颈联依然写诗人眼中"望"到之景，上句是仰观，下句是俯视，意象高华，气势沉雄，形象地道出蓟门地位之重要与戍守边关责任之大。最后两句诗人先退一步，再道出心声，强调的意味更为明显，与首句相呼应，全诗由此构成一个首尾连贯、衔接严密的整体。

少年行（其三）

王　维

出身仕汉羽林郎，
初随骠骑战渔阳。
孰知不向边庭苦，
纵死犹闻侠骨香。

王维（701—761），字摩诘，河东蒲州（今山西运城）人。其为人恬淡，终身半宦半隐，以山水田园诗享誉诗坛，有"诗佛"之称。但王维生当盛唐，受昂扬向上的时代精神的感召，加之数次的出使边塞的经历，故其诗中也不乏慷慨激昂之作。《少年行》本是乐府旧题，本作《结客少年场行》，大多言轻生重义、慷慨立功之事。王维曾作一组四首，这里所选为第三首，塑造出一位奋勇报国的少年形象。

全诗大意：初次出仕，即任羽林郎这样的美缺，这是第一次随骠骑将军开赴北方渔阳郡的战场。深知人生在世不宜在边疆受苦，但是宁愿战死，也在所不惜，毕竟有那美名可以流传千古。

此诗情调高昂，意境高远，在富有转折的简单四句中，写出少年炽热的爱国情怀，洋溢着崇高的英雄主义精神。第一句交代少年的出身。羽林郎为汉代禁卫军的官名，掌管宫廷保卫之责，多以世家大族子弟充任，唐代亦有左右羽林军，同为宫廷禁军。这里借此表现出少年出身高贵，环境优渥，为下文甘愿舍身报国做好了铺垫。第二句突然话锋一转，写少年由京城安逸的生活转向艰苦的边关，同时为后面的抒情做好了足够的张力准备。三、四句以设问句，平添波澜，表明少年宁愿战死沙场的选择。其中"边庭苦"与"羽林郎"相对应，从这里更能看出少年选择的无畏与可贵。末句斩钉截铁式的收尾，也传达出少年义无反顾的决心。而"孰""不""纵""犹"等一连串虚词的连用，不断加强语气，在腾挪跌宕间将少年的舍身报国形象塑造得尤为突出。

使至塞上

王　维

单车欲问边，属国过居延。
征蓬出汉塞，归雁入胡天。
大漠孤烟直，长河落日圆。
萧关逢候骑，都护在燕然。

此诗作于唐玄宗开元二十五年（737），河西节度副大使崔希逸打破吐蕃军，王维奉命慰劳前线将士，沿途见边塞风光，感于唐朝壮盛的国势，写下一系列边塞诗。这就是其中的一首。

全诗大意：轻车简从去慰劳边关将士，我朝的属国已经越过居延海之外。我如同征蓬，和那归去的大雁一样，都已离开了汉地，到达少数民族地区。大漠中的一缕孤烟直升上天，长河外的落日格外地浑圆。在萧关遇到了侦察部队，报告大都护已在燕然山下。

此诗首联紧扣题目，道出此行的目的、写作的缘起以及地点，言简意赅，其中又透露出对广阔的疆土与大军胜利的无限自豪。颔联互文见义。"征蓬"是诗人的自喻，并非实指，意在说明此时已经是深秋天气。一般说来，"征蓬"与"归雁"常会激起游子思乡情绪，这里在广阔背景的映衬下，却显得意境开阔，绝无萧瑟之感。颈联历来为诗论家所叹赏。如《红楼梦》说："'大漠孤烟直，长河落日圆'，向来烟如何直，日自然是圆的，这'直'字似无理，'圆'字似太俗。要说再找两个字换这两个，竟再找不出两个字来。""直"与"圆"二字既生动地状出孤烟与落日的形状，极为契合大漠风光，画面感极强，更从中透露出无尽的坚毅之美、挺拔之势。诗人开阔的心胸也由此倍加显豁。结尾借"候骑"之口，得知大军已再次奏捷，取得了如窦宪勒铭燕然山的胜利，而唐王朝将士之自信、国威之远布，也由此不经意道出。

出 塞 作

王　维

居延城外猎天骄，白草连山野火烧。
暮云空碛时驱马，秋日平原好射雕。
护羌校尉朝乘障，破虏将军夜渡辽。
玉靶角弓珠勒马，汉家将赐霍嫖姚。

此诗是唐玄宗开元二十五年（737）出使河西时所作。当时王维留在河西节度副大使崔希逸帐下任监察御史兼节度判官，有着边塞生活的实地经历，故能以其描山水的妙笔写出边塞的壮阔风光与将士们的精神风貌。

全诗大意：居延城外，常有那敌人侵犯，满山的白草，常在那野火中被点燃。日暮时分，空阔的大漠正好可策马奔腾；秋天的平原，也正是射雕的好时节。我军将士近来连番取胜，打破敌军，来日朝廷必然会大加赏赐，统军大将会有霍去病那样的爵位与声望。

清人方东树在《昭昧詹言》中对此诗评价甚高："此是古今第一绝唱，只是声调响入云霄。居延，塞也；外则出矣。前四句目验天骄之盛，后四句侈陈中国之武。写得兴高采烈，如火如锦，乃称题。收赐有功得体，浑颢流转，一气喷薄，而自然有首尾起结章法。其气若江海水之浮天，惟杜公有之；不及杜公者，以用意浮而无物也。"方东树已将此诗的声调、章法等交代得极为透彻，此处不用赘言。值得一提的是，诗中大量使用了以汉代唐的写法，"护羌校尉""破虏将军"都是汉朝的官职名，"霍嫖姚"是汉朝名将霍去病，这里都用来指代河西节度副大使崔希逸。以汉代唐是唐诗中常见的写作传统。全诗前半段写敌人的声势，极尽铺陈；后半段写唐军的胜利，轻描淡写，显示出以简御繁的功力，更状出唐军军威之盛，几到无坚不摧之地步。最后说到朝廷的赏赐，郑重而富丽，与战场氛围迥然不同，实则切合诗人出使宣慰的身份，极为得体。

塞下曲（其一）

李　白

五月天山雪，无花只有寒。
笛中闻折柳，春色未曾看。
晓战随金鼓，宵眠抱玉鞍。
愿将腰下剑，直为斩楼兰。

《塞下曲》源出汉乐府的《出塞》《入塞》，多写边塞将士的征戍生活。李白的这组《塞下曲》一共六首，全面地反映了将士们的戍边苦乐，这里所选为第一首。

　　全诗大意：五月的天山仍然满山飘雪，将士们只能感受寒冷，看不到花开，更没有见到春色，唯有在笛子中听听那杨柳之音。早上随着鼓角杀入战场，晚上抱着玉鞍一起入眠。只求能最终出师告捷，破敌而还。

　　此诗层次井然，前四句写边塞将士艰苦的戍边生活，生动地传达出边塞的艰苦。后四句道出了战斗生活的紧张与广大将士力求杀敌报国的热切心声。前四句起笔不凡，极力渲染出边塞的严寒景象，清人沈德潜评道："一气直下，不就羁缚。"诗人特意选出"五月"这个季节来状天山之寒，与内地的炎炎夏日构成剧烈的反差，边关将士的辛苦也由此可见。而三、四句悲哀地道出塞上没有春色，士兵们只有在笛中借折杨柳之曲来慰藉苦闷的边塞生活，借助虚写的"折杨柳"来聊以替代实在的"春色"，这在最大程度上将士卒的无奈与坚守呈现出来。五、六句对仗极为工整，揭示出战斗的频繁，体现出士卒们甘之如饴并奋不顾身的精神面貌，由上文的怨思自然过渡到这里的坚韧，极见巧思。结句声势雄壮，以腾放飞扬之势，有力地写出将士们誓死报国、奋勇杀敌的英雄气概。全诗对英雄精神的赞颂建立在对艰苦的边塞生活体察的基础上，显得更为真实感人。

塞下曲（其二）

李　白

天兵下北荒，胡马欲南饮。
横戈从百战，直为衔恩甚。
握雪海上餐，拂沙陇头寝。
何当破月氏，然后方高枕。

此诗为李白《塞下曲》第二首，与第一首相比，同写将士们建功立业的志向，少了对边塞苦寒的抱怨，多了保家卫国的豪情。

全诗大意：朝廷大军正要迈向北方的荒凉之地，皆是因为胡人的兵马正在南犯大唐的国土。将士们横戈跃马，经历了无数场血战，只是为了报答皇帝的圣恩。北方的环境恶劣，将士们只能在瀚海吃雪充饥，在垄头扫去沙子席地而眠。他们心中都希望早日破除敌军，收复被占领的疆土，然后才能高枕而眠。

一、二句首先交代了时代背景，说明唐军出征的正义性，为全诗的豪情赋予了天然的正当性。三、四句先写奋不顾身的形象，再写其原因，通过细密的心理刻画，更能加深读者的印象。"百战"一词中便可以看出将士们战斗次数之多、训练之有素，洋溢着强烈的自豪感。五、六句截取唐军边塞生活的两个经典的场景，再现将士们艰苦奋斗的昂扬精神，生动地反映了唐军奋发向上的精神面貌。最后两句承接上文而来，指出将士们奋勇作战的目标，是营造出幸福安乐的生活环境，荡漾着无比的豪气与自信。全诗虽以赋为主，但语意流畅，其间的心理刻画与细节描写，更使全诗增色。大唐边境战争正当性的一面，在此诗中展现得淋漓尽致。

塞下曲（其五）

李　白

塞虏乘秋下，天兵出汉家。
将军分虎竹，战士卧龙沙。
边月随弓影，胡霜拂剑花。
玉关殊未入，少妇莫长嗟。

盛唐时代，国力强盛，诗人们在描写边塞征战时多呈现出乐观的浪漫主义精神。李白此诗气势恢宏，风格豪迈，正是盛唐边塞诗的典型代表。

全诗大意：胡虏在秋天向我边关发起进攻，我军将士应时迅速反击。大将领着兵符出征，战士们急速挺进战场。大漠的月亮如同良弓的形状，长剑过处，拂拭过霜花。当我们还没有攻破玉门关的时候，闺中少妇不必哀叹着良人未归。

此诗前两句即以凝练的笔触，交代出敌我两方的态势，可见战争一触即发的严峻形势，更表现出我军这次出师是由于敌人侵犯在先，这次战争是保家卫国的正义战争。额联为流水对，紧承"天兵"而来，在疏快的节奏中，呈现出唐军军令畅通的战斗作风与将士们吃苦耐劳同仇敌忾的气度。清代吴汝纶称此二句为"有气骨，有采泽"。其中的"卧"字，更透露出无限的豪迈。五、六句在紧张的战争间隙突然停笔写边塞的生活场景，通过精练的语言、生动的比喻，巧妙地展示出战士们以苦为乐、豪迈乐观的情怀。《唐诗别裁集》评道："只弓如月，剑如霜耳，笔端点染，遂成奇彩。"极具动态美的画面呈现出将士们激越的心情，的确是妙笔。最后两句一反边塞诗中常见的征人思妇、怨别念远的常见写法，直白地道出大军一往无前、毫无眷恋的气魄。在这一反之中，使将士们高昂的建功立业之心体现得更为清晰。

胡 无 人

李 白

严风吹霜海草凋，筋干精坚胡马骄。
汉家战士三十万，将军兼领霍嫖姚。
流星白羽腰间插，剑花秋莲光出匣。
天兵照雪下玉关，虏箭如沙射金甲。
云龙风虎尽交回，太白入月敌可摧。
敌可摧，旄头灭，履胡之肠涉胡血。
悬胡青天上，埋胡紫塞傍。
胡无人，汉道昌，陛下之寿三千霜。
但歌大风云飞扬，安得猛士兮守四方。

乐府旧题中有《胡无人行》，李白此诗题目即出于此。旧时有人认为此书是针对安史之乱而作，但揆诸诗意，应为唐朝在边关与胡人征战而起，是一首激昂慷慨的战歌。

全诗大意：在寒风四起、霜落草凋的深秋之时，胡人精悍的军队再次南下侵扰。汉军三十万将士在霍嫖姚的率领下出师应敌。将士们腰插着疾如流星的白羽箭，手持闪耀着秋莲寒光的出匣利剑。在漫天大雪的映照下涌出玉门关，敌人的弓箭如沙一般射入我军铠甲。经过激烈的奋战，又有太白入月的吉兆，敌人的锋芒势必可以彻底摧毁。到那时，将敌人枭首埋尸，汉朝的气运必然如日中天。皇帝陛下只管如刘邦那样唱出"安得壮士分守四方"的浩歌，而不用担心无人守边。

此诗激昂的笔调歌颂唐军将士不畏强敌、克敌制胜的英雄业绩，流露出对国家太平的无限神往。全诗前两句写出敌人的骄悍之气，其挟风霜而来，又有装备精良的弓马，目空一切而恣意妄行的声势跃然纸上。接着全力描写唐军将士的英勇善战与牺牲精神。三、四句写唐军兵多将广，且以霍去病来比喻统军大将，显示出高度的自信。五、六句通过对兵器的渲染，表现出唐军的强大实力以及不可抵挡的气势。第七句开始则正面描写胡汉两军激烈厮杀的场景，其描写之酣畅，用笔之生动，在唐诗中也少有其匹。无论是唐军如神兵天降，还是胡人的飞箭如沙，都是对战场的真实再现，虽语带夸张，但是切合西北战场的风光，在展现战场残酷气氛的同时，也渲染出唐军将士视死如归的决心。

战 城 南

李 白

去年战，桑干源。

今年战，葱河道。

洗兵条支海上波，放马天山雪中草。

万里长征战，三军尽衰老。

匈奴以杀戮为耕作，古来唯见白骨黄沙田。

秦家筑城避胡处，汉家还有烽火然。

烽火然不息，征战无已时。

野战格斗死，败马号鸣向天悲。

乌鸢啄人肠，衔飞上挂枯树枝。

士卒涂草莽，将军空尔为。

乃知兵者是凶器，圣人不得已而用之。

《战城南》为汉乐府旧题，多写战事之残酷及其给人民带来的深切痛苦。李白写诗好用古题，这首诗也写的是《战城南》的传统主题，却在思想表达与艺术呈现两方面都能翻陈出新，大放异彩。

　　全诗大意：年复一年，战争从未停止。桑干源、葱河道、条支海与天山都曾作为战场。将士们的年华在战争中老去，而我们的对手匈奴人从来都是以杀伐为业。也正因如此，秦汉时的烽火才一直燃到了今天。且看古往今来的战场又是多么惨烈，将士们力战而死，乌鸢将他们的肠子叼起来悬挂在树梢，整个战场只有战马在悲鸣。如此伤亡惨重，那些将帅们又有何种作为？至此方知战争是极度凶险之事，圣人只有在不得已的情况下才会动用如此手段。

　　汉乐府的《战城南》集中笔墨描绘战场的惨景，而李白此诗思考的层次更为丰富，彰显出来的反战思想更为有力。诗人从四个角度论证战争的罪恶，层层推进，气势磅礴，全诗也正由此分为四个层次。首先，从战事之频繁与战场之遥远，将战争的毫无意义直接显露在读者面前，虽不下一字评论，而其中的厌战情绪已不言而喻。其次，诗人揭示这场战争的对手是以杀伐为业的匈奴人，对方的职业就是打仗，言外之意，中原王朝应息兵务农，不应与游牧民族争战场之胜负，相反，与之反复纠缠，绝对是不明智之举。再次，诗人直接写战场的惨烈景象，而集力于"士卒涂野莽"的生动刻画，将反战之情诉诸最直接的感官情绪。最后，诗人将反战的理由上升到理论层面，明用老子"兵者，凶器也，圣人不得已而用之"之语，显得别有会心。唐朝以道教为国教，老子被尊为道教教主，用其名言，也就更有说服力。全诗四个层次环环相扣，结构分明，而笔力强劲，每一层皆气势沛然，兼有说理、叙事、抒情的三重特征而各臻其妙。

古 风 （其十九）

李 白

西上莲花山，迢迢见明星。
素手把芙蓉，虚步蹑太清。
霓裳曳广带，飘拂升天行。
邀我登云台，高揖卫叔卿。
恍恍与之去，驾鸿凌紫冥。
俯视洛阳川，茫茫走胡兵。
流血涂野草，豺狼尽冠缨。

李白曾作《古风》五十九首，全面地展示了其政治理想、人生态度以及文学理论等。此处所选为第十九首，大致作于唐肃宗至德元年（756），当时安史叛军的势力达于鼎盛。诗中集中体现了李白关于个人与国家的思考。

全诗大意：我登上华山的莲花峰，远远地见到明星玉女。她手中持着芙蓉花，在太清中虚步而行。她如霓裳般的衣服拖着长长的带子，在空中飘飘荡荡。邀请我同登云台，在那里我见到了卫叔卿。恍恍惚惚间，我将与之同去，在太空中遨游。可是我低头一看那洛阳城外的山川，浩浩荡荡都是胡人的军队。百姓的鲜血沾满野草，那些豺狼之辈却都戴着官帽在那里欢庆胜利。

此诗结构鲜明，前半部分为游仙，后半部分为忧国，正是李白思想的真实写照。起初两句为读者营造出一个瑰丽的神仙世界，《水经注》记载华山"山顶有池，生千叶莲花，服之羽化，因曰华山"。而诗中提到的明星正是玉女，相传其在华山饮玉浆而白日飞升。诗人以此入诗，既点出所遇之仙，又语天上灿烂的明星而一语双关。接下来四句写明星缥缈的身姿，全方位地描绘出一幅栩栩欲活的仙女飞天图，尽显雍容娴雅、高洁脱俗之趣。随后四句写诗人恍惚中与仙人同游，这正是李白毕生难以释怀的心愿。其中提到的卫叔卿，据《神仙传》载，因汉武遇之不以其礼，而飘然逝去。这里分明暗喻了诗人本人的一段遭际，并透露出对功名富贵的不屑。而"凌"字正恰当地展示出诗人远离世间的坚决与游仙的畅快。而就在此处，笔锋一转，开始横空插入洛阳城的惨状。这分明受到了屈原"陟升皇之赫戏兮，忽临睨夫旧乡"的影响。诗人以白描式的笔触写出了敌人的猖獗与百姓的苦难，虽然未加一句评骘，但无比的愤慨蕴于其中。全诗将浪漫的想象与冷峻的现实融为一体，十分巧妙地将诗人敏感而复杂的内心呈现在读者面前。确如诗中所写，李白尽管终身有游仙之想，但一刻也没有真正忘记民间疾苦。

永王东巡歌（其二）

李　白

三川北虏乱如麻，
四海南奔似永嘉。
但用东山谢安石，
为君谈笑静胡沙。

安史之乱爆发时，李白正隐居庐山。当时永王李璘被授予节制东南之权，礼聘李白出山。李白天真地以为一生的雄图抱负将于此刻得到施展，便踊跃万分，随永王东进南京时，便挥笔写下了十一首《永王东巡歌》。这里所选为第二首，气势尤为雄壮。

全诗大意：洛阳城此时已被无数胡人军队所占领，四海百姓纷纷逃难，宛若永嘉南渡的景象再现。此时此势，只要能启用如谢安般的我，必然能在谈笑之间为君王荡平胡虏战祸。

此诗明显分为前后两截。前两句极写国家危难局势之严重。三川为秦代三川郡的简称，即唐代的东都洛阳。当时安史叛军攻占的城池不计其数，这里单单列举洛阳，因其地位之重要，更可见国家局势之危急。写完城池后，开始着眼于人民，并以永嘉南渡为比。这显示出李白对时局的洞见，两者确有惊人的相似，但是更为重要的是，以此可见当时国家危急到何种程度。永嘉南渡导致了三百年的大分裂局面，那么唐朝会不会重蹈覆辙呢？后两句给出了答案。综合全诗言之，前两句将危局铺陈得越严重，后半句李白出山的重要性也就越突出。章法之安排可谓极为讲究。李白一生崇拜谢安，这里以取得淝水之战大胜的谢安自拟，足见其极度自信与乐观的气质。全诗语句俊爽，用笔流利跌宕，充分显示出诗仙的自信风采。

永王东巡歌（其十一）

李　白

试借君王玉马鞭，
指挥戎虏坐琼筵。
南风一扫胡尘静，
西入长安到日边。

李白晚年因追随永王起兵入狱，有人就曾将《永王东巡歌》作为其附逆的罪证。其实细加辨析，十一首《永王东巡歌》，尤其是最后一首，恰恰是李白忠心于唐王朝的证明。

全诗大意：假如让我获得了军队的指挥权，就会在谈笑之间，消灭反叛的戎虏，形势就如南风一吹，胡尘消散，那到时，我们再去长安，朝见天子。

此诗洋溢着诗人卓尔不群的豪迈之气。第一句极为潇洒，"玉马鞭"象征着军队的指挥权，这里透露着毛遂自荐的昂然自信。第二句更是诗人的想象之辞，幻想着其能在精美的筵席上，谈笑之间，就能将声势浩大的胡虏一举荡平，充满着诗意的想象。第三句以"南风"来比喻永王的军队，相传舜弹琴作歌曰："南风之熏兮，可以解吾民之愠兮。"从此南风便成了吉祥如意的象征，而永王的军队又正在长安的南方，故以南风作比，就极为贴切。最后一句是诗人的最后愿望，"日"代表着皇帝，再次说明李白随永王起兵的愿望并不仅仅是平定安史之乱，最终还要回到唐玄宗的身边奏捷，承认其最高的统治权，更意味着李白根本不可能与永王合谋叛乱。如《蔡宽夫诗话》曾说："太白岂从人为乱者哉？盖其学本出纵横，以气侠自任。当中原扰攘之时，欲借之以立奇功，故《东巡歌》有'但用东山谢安石，为君谈笑静胡沙'之句。至其卒章乃云'南风一扫胡尘静，西入长安到日边'，可见其志矣。"

燕 歌 行

高 适

开元二十六年，客有从御史大夫张公出塞而还者，作《燕歌行》以示适，感征戍之事，因而和焉。

汉家烟尘在东北，汉将辞家破残贼。
男儿本自重横行，天子非常赐颜色。
摐金伐鼓下榆关，旌旆逶迤碣石间。
校尉羽书飞瀚海，单于猎火照狼山。
山川萧条极边土，胡骑凭陵杂风雨。
战士军前半死生，美人帐下犹歌舞。
大漠穷秋塞草腓，孤城落日斗兵稀。
身当恩遇恒轻敌，力尽关山未解围。
铁衣远戍辛勤久，玉箸应啼别离后。
少妇城南欲断肠，征人蓟北空回首。
边庭飘飖那可度，绝域苍茫更何有。
杀气三时作阵云，寒声一夜传刁斗。
相看白刃血纷纷，死节从来岂顾勋。
君不见沙场征战苦，至今犹忆李将军。

高适（约702—765），字达夫，一字仲武，沧州人。少孤贫，爱交游，有游侠之风，并以建功立业自期。曾为散骑常侍，世称高常侍。唐代著名边塞诗人，与岑参合称"高岑"。其诗感情激昂，意境雄浑，气势奔放。《燕歌行》是乐府旧题，其词常用来歌咏东北边地（燕地）的征戍之苦和思妇相思之情。本诗打破旧有格局，而多有新意。

全诗大意：国家的战火在东北边疆燃起，大将由此率军出征，皇帝也非常看好这次行动。大军旗帜招展，锣鼓喧天，开进到榆关、碣石地区。军书紧急，来回奔驰。在这萧条的边关，匈奴单于的大军乘着风雨呼啸而来，战士们在前线浴血奋战，将军们却在帐下醉生梦死。秋天的塞上，草木凋零，那座孤城之下，还能战斗的将士已越来越少。士兵们深受国恩，自当竭力报国，可飞越关山，全力以赴，也未能解开那重围。他们已经在外征战太久太久，家乡的思妇早已泪水涟涟，徒留得两地断肠相念而已。这片辽阔的边荒究竟有什么呢，不过是杀气阵阵与寒夜巡更时寂寥的更深而已。战士们在此舍生忘死，又有谁能真正建立功勋啊？你可知沙场征战的艰辛，直到今日，大家还在怀念那体恤士卒的李将军呀！

此诗沿用乐府《燕歌行》旧题，但突破了这类诗作大多写思妇怀人的狭小题材，多方面反映了边塞征战生活的复杂情况和真实的画面，是盛唐边塞诗中的一篇杰出代表。这首诗选取了出征的典型事件，从几条线索展开描述，赞扬了士卒英勇奋战、杀敌报国的无畏气概，又揭露了将帅沉于歌舞、不恤士卒、骄纵轻敌的情事，中间还穿插描述了征人和思妇久别相思之苦，最后进一步写战争的艰苦和征人的愿望。诗的主旨是谴责在皇帝鼓励下的将领骄傲轻敌，荒淫失职，造成战争失败，使广大士兵受到极大的痛苦和牺牲。诗人写的是边塞战争，但重点不在于民族矛盾，而是同情广大兵士，讽刺和愤恨不恤士兵的将军。全诗概述与细描相辅相成，对比与烘托各尽其妙。形象鲜明，气势奔放，文字隽永，深切感人。且四句一转韵，音韵铿锵，耐人寻味。

守睢阳作

张　巡

接战春来苦，孤城日渐危。
合围侔月晕，分守若鱼丽。
屡厌黄尘起，时将白羽挥。
裹疮犹出阵，饮血更登陴。
忠信应难敌，坚贞谅不移。
无人报天子，心计欲何施。

张巡（708—757），蒲州河东（今山西永济）人。安史之乱中率孤军坚守睢阳一年有余，保障了东南财赋之地的安全。最后城破力战而亡。这首诗即真实地传达其坚守睢阳时的困苦与忠贞，堪为睢阳保卫战的真实写照。

全诗大意：进入春天以来，战事日渐艰苦，这座孤城日渐显得危急。双方攻守，机巧百出，用尽无数阵法。已经看惯了敌人铁蹄扬起的黄色战尘，亦不时挥动白羽扇指挥防守。我军将士已伤痕累累，还能够苦战不退。我们的忠信、坚贞之心无人可比。而无人能向皇上报告我们的忠心与危难，我们报效国家的心怀又怎么能够施展呢？

这是一首绝望中坚韧不拔的特别战歌，在低昂的情绪中蕴藏着掩抑不住的不屈之气。前两句总写睢阳保卫战面临的危急。"苦"字为守城将士战斗经验的概括，而"危"字更将诗人的担忧和盘托出。接下来四句两两对应，上下句间分别是对敌我攻守形势的铺陈。"月晕"形容敌人的包围圈逐步缩小，对应上句之"孤"；"鱼丽"则指唐军的阵型如鱼鳞般严整，充分表达出虽战况危苦但依然军容整齐的气魄。"屡"字概括战斗之频繁，而"时"则透露出指挥若定的大将风度。接下来，则是对守城将士群像的素描，用笔简省却笔力千钧。"裹疮"指旧伤未平又添新伤，表明将士们死战不屈的战斗精神；"饮血"同时也暗示出城中饮食匮乏，《资治通鉴》即记载："诸军馈救不至，士卒消耗至一千六百人，皆饥病不堪斗，遂为贼所围，张巡乃修守具以拒之。"最后四句就是诗人表明心迹，呈现出视死如归、效死报国的烈士形象。全诗叙事简洁有力，堪为睢阳保卫战的诗史。其中透露出的顽强不屈之精神，更表现得委婉有致。

前出塞（其六）

杜　甫

挽弓当挽强，用箭当用长。
射人先射马，擒贼先擒王。
杀人亦有限，列国自有疆。
苟能制侵陵，岂在多杀伤。

杜甫沿用汉乐府"出塞"旧题,创作《前出塞》九首、《后出塞》八首,全景式地描绘出天宝年间普通百姓从军的苦与乐,寄托了诗人对于唐玄宗开边战争的复杂情感。此诗纯为议论,将诗人对战争的总态度和盘托出,背后蕴藏着对祖国与人民深沉的爱。

全诗大意:使弓就当使强弓,用箭也要用长箭。作战中要射杀敌人,必须先射杀战马;要擒拿敌寇,就要先生擒其首领。作战杀人也当有限度,各国自有其疆界所在。如果能抵制敌人的侵扰,又何必去多杀伤生灵呢。

此诗前四句朴素自然,意象生动,节奏明快,朗朗上口,宛如当时军队中流传的歌谣谚语。清人黄生就说:"前四语似谣似谚,最是乐府妙境。"就是指其深得乐府诗之神韵,便于充分表达普通士兵的心声。更要说明的是,在这颇似民谣的句子中,前三句是引兴句,第四句才是诗人要表达的中心思想,在全诗中起到枢纽作用,后四句也都由此生发而来。后面的议论紧紧结合当时朝廷穷兵黩武的政策而来。就依当时对南诏的战争而论,天宝八载丧师六万,天宝十三载丧师近二十万。杜甫《兵车行》中说"边庭流血成海水,武皇开边意未已",这里给出了反对过度开边征战的理论依据,其间透露出对和平安定生活的向往与各国普通民众的深切同情,深刻地体现了儒家的仁爱之心。全诗以议论为诗又以议论取胜,清人浦起龙评价为"上四如此飞腾,下四忽然掉转。兔起鹘落,如是如是",就谈到其章法多变而气势灵动,故而能成为《前出塞》中最脍炙人口的篇章。

前出塞（其八）

杜　甫

单于寇我垒，百里风尘昏。
雄剑四五动，彼军为我奔。
掳其名王归，系颈授辕门。
潜身备行列，一胜何足论。

此诗以一介士卒的眼光描写了一场敌我遭遇战的巨大胜利，对战斗过程的描绘尤为传神，显示出蓬勃的爱国热情。

全诗大意：敌人的君王带着大军进逼我军的营地，他们声势浩大，以至于溅起的尘土已将百里之内遮蔽得昏天暗日。战斗刚一打响，敌军就迅速被我军击溃。他们的首领也被生擒，正送往主帅处论功行赏。像我这样投身于行伍的士兵来说，一场胜利又能说明什么呢？

此诗将一场战斗的前因后果做了全方位的呈现。起首两句，极状敌人来势汹汹，"单于"代指敌人的最高首领，他的出现，意味着敌人此次战役势在必得；而"百里"一词，更是极度烘托出敌人的声势浩大，将一场形势极为严峻的战斗呈现在读者面前，使人不由得为唐军的安危而担心。三、四句笔锋一转，轻松地写出了我军的胜利。"雄剑"本是干将所铸之宝剑，借指唐军的精悍，而"四五"对上句的"百里"，集中表现出我军将领的指挥若定、战斗的轻松从容。唐军的战斗力于此可见一斑。五、六句以系敌"名王"而归为例，写出了辉煌的战果。以一喻多，尤见功力。最后两句写士卒的心声。这里可以做两重解读。第一，不过是普通士兵，这场战斗不会记下自己的功劳；第二，对于投身行伍的士兵来说，一场胜利无足挂齿，还要奋发努力去赢得更多的胜利。从全诗的格调来看，第二种解读更为刚健，更与全诗氛围至为吻合。

春　望

杜　甫

国破山河在，城春草木深。
感时花溅泪，恨别鸟惊心。
烽火连三月，家书抵万金。
白头搔更短，浑欲不胜簪。

至德元载（756），杜甫听闻肃宗即位的消息，安顿好家小后，只身投奔肃宗朝廷。途中被叛军抓获，解送长安。次年，杜甫目睹长安城萧瑟零落的景象，百感交集，写下这首千古名篇。

全诗大意：国都沦陷后，只有山河依旧，春天的长安城变得草木丛生。花朵也仿佛因忧心国事而落泪，啼鸟也因怨恨人间临别而声声惊心。战火连绵三月不曾停息，此时家人的书信价值万金。面对满腔烦闷，我也只有搔首而已，直搔到白发稀疏插不上簪。

此诗前两联以"望"字统摄，借景抒情，情景结合。司马光曾评道："山河在，明无余物矣；草木深，明无人矣；花鸟，平时可娱之物，见之而泣，闻之而悲，则时可知矣。他皆类此，不可遍举。"诗人以写长安城里草木丛生、人烟稀少来衬托国家残破。起首一"国破山河在"，触目惊心，有一种物是人非的历史沧桑感，尽显国破城荒的悲凉景象。颔联尤为精警，以物拟人，将花鸟人格化，有感于国家的分裂、国事的艰难，长安的花鸟都为之落泪惊心。通过花和鸟两种本来令人赏心悦目的事物来写这个令人肝肠寸断的春天，更足以展现亡国之悲、离别之痛。颈联以一己之身对家书的盼望，从侧面反映战争给人民带来的巨大痛苦和人民在动乱时期想知道亲人平安与否的迫切心情，同时也以家书的不易得来表现诗人对国家深深的忧虑。结尾两句，通过精微的细节描写来展现诗人忧愤之深广，凄凉含蓄之至。全篇诗情景交融，感情深沉，而又含蓄凝练，言简意赅，充分体现了诗人"沉郁顿挫"的艺术风格。

悲 陈 陶

杜 甫

孟冬十郡良家子，血作陈陶泽中水。
野旷天清无战声，四万义军同日死。
群胡归来血洗箭，仍唱胡歌饮都市。
都人回面向北啼，日夜更望官军至。

安史之乱中，唐肃宗即位后，命宰相房琯招募义军，收复长安。房琯率领未经训练的军队，采用春秋时期的车战之法，与叛军在长安城外的陈陶斜遭遇，大败而归，"为所伤杀者四万余人，存者数千而已"。杜甫当时被叛军俘虏，困于长安，听闻唐军惨败的消息，悲愤中写了这首《悲陈陶》。

全诗大意：孟冬时节，整整十郡清白人家的子弟，血液都化作陈陶大泽中的湖水。这块旷野的战场，竟然听不到战伐之声，四万义军同日战死于此。那些胡人回到长安城中，那箭头上还滴着我军的鲜血，还在街市上唱着胡歌，纵酒狂欢。长安百姓只能回过头来，向北啼哭，日夜盼望官军能再次到来。

对于这一场惨烈的战败，杜甫没有详写战败的前因后果，而是劈空一句，就直陈唐军战败之惨。前两句，仿佛晴天霹雳，一如杜甫初闻此消息时的震惊。其间有阵亡者的身份、籍贯以及阵亡的时间、地点，四者组合在一起，隐藏着诗人对十郡良家子阵亡的不忍心与对战败的不甘心。三、四句仿佛从震惊与悲痛中缓过神来，开始诉说战场的景象。因诗人被俘困在长安，无法亲临战场，这不是实写，而是诗人的主观感受。本来是鼓声震天、杀声动地的战场在诗人的笔下却显得如此宁静，巨大的反差带来令人窒息的凝重之感，令人长久地沉浸在这悲伤中不能自拔。"四万义军同日死"则将这无比悲痛的现实，轻轻道出，却蕴藏着无比的悲愤。随即开始写长安城中的叛军与百姓。五、六句则客观写叛军的骄横之态，生动的细节描写，倾露出对叛军的强烈痛恨，有着"看尔横行得几时"的蔑视感。最后两句的笔墨留给长安城的百姓，展现其拥护大唐的至诚之心，反映出真实的民心民意。故浦起龙称其"结语兜转一笔好，写出人心不去"。因此，此诗虽写的是唐军的败仗，却显得正气在胸，气势昂扬，令人作奋发乐观之想。

恨　别

杜　甫

洛城一别四千里，胡骑长驱五六年。
草木变衰行剑外，兵戈阻绝老江边。
思家步月清宵立，忆弟看云白日眠。
闻道河阳近乘胜，司徒急为破幽燕。

此诗生动地展现出杜甫热忱的家国情怀，对国家早日平乱的盼望，对兄弟至亲的悬念，对身世飘萍的感喟，在诗中融为一体，深切地展现出诗人的忧国忧民之情。

全诗大意：我离开洛阳已有四千里之遥，叛军长驱中原也已经有五六年了。草木由青变衰，我来到剑阁之外，为战乱阻断，在江边渐渐老去，不得还乡。我思念家乡时，夜不能寐，清冷的月夜，悄然独立；思念胞弟时，也只有卧看行云，以寄托忧愁，最后倦极而眠。最近听说司徒已攻克河阳，正乘胜追击敌人，急于要拿下幽燕。

此诗首联道出"恨别"之所在，"四千里"，恨离家之远。"五六年"，恨战乱之久。同时，诗人之"恨别"是因"胡骑"之"长驱"，此处点明题旨，个人之忧患与国家之命运已紧密相连。颔联两句描述诗人流落蜀中的老境，语气间含有无尽萧瑟之意。"草木变衰"，语出宋玉《九辩》"萧瑟兮草木摇落而变衰"。这里是指草木的盛衰变易，暗示入蜀已有多年，飘零憔悴，渐入老境。第四句再次点出"兵戈阻绝"，将国家的灾难与个人的痛苦绾结一处。颈联通过"宵立昼眠，忧而反常"的细节描写，刻画出诗人忧时思家的无尽情思，手法含蓄巧妙，诗味隽永，富有情致。《唐诗别裁集》评道："若说如何思，如何忆，情事易尽。'步月''看云'，有不言神伤之妙。"全诗以希望乐观之笔收尾，情绪亦由低沉转入振奋。最后如实地写出其听到的捷报，又与"兵戈阻绝"相对应，在对唐军取胜抱着极大期待的同时，也暗示着返回家乡与亲人相聚的愿望有望达成，与前文贴合无间。正如有人评道："结语引开，正照起绪，似此峭削章笔，更尔沈着刻挚，绝无率瘦之笔，当是情至气郁，律细工深，四合成章，乃无遗憾。"

闻官军收河南河北

杜　甫

剑外忽传收蓟北，初闻涕泪满衣裳。
却看妻子愁何在，漫卷诗书喜欲狂。
白日放歌须纵酒，青春作伴好还乡。
即从巴峡穿巫峡，便下襄阳向洛阳。

唐代宗广德元年（763）春，历时八年之久的安史之乱最终平定。消息传到四川，已经漂泊多年的杜甫不禁狂喜，挥笔写下此首"生平第一快诗"。

全诗大意：突然传来了官军收复河北的消息，刚听到时不禁老泪纵横，以至都沾湿了衣裳。回头看看妻儿哪里还有半点忧愁，我也随便拿起诗书，却高兴得直欲发狂。正当白天，必须要有美酒相伴，高声纵歌，且乘着春天的大好风光正好返乡。我就要从巴峡穿过巫峡，再取道襄阳最后回到洛阳老家。

此诗虽痛快淋漓地宣泄诗人在胜利后的狂喜之情，但也有一种内在的沉郁蕴藏于其中，所以没有趋于流利巧滑之弊。诗人的选词用语极为考究，在不经意之间展示出极为丰富的艺术功底。第一句的"忽"字意味着消息传来的突然，而杜甫却时时刻刻盼着战乱的结束，在胜利最终到来时使用此字，也就在告诉读者此前有一次次的盼望与失望，以至于此时又有些出乎意外。第二句提到的"涕泪"，是兴奋之泪，更是多年来饱经战乱之苦的沉痛之泪的宣泄。额联通过"却看妻子"与"漫卷诗书"两个细节，真实地表现出极度兴奋的状态下一种情不自禁的下意识的举动。颈联承上启下，上句承"喜欲狂"而来，下句则进一步表现出返乡的渴望。其中两个虚字的使用，尤为传神。"须"字有此时不饮更待何时的紧迫感，"好"字则有天随人愿的兴奋。最后的流水对，使用"即从""穿""便下""向"等词串连起四个地名，呈现出疾速如飞的气势，再度表现出诗人的兴会淋漓的狂喜。

岁　暮

杜　甫

岁暮远为客，边隅还用兵。
烟尘犯雪岭，鼓角动江城。
天地日留血，朝廷谁请缨？
济时敢爱死，寂寞壮心惊。

此诗作于唐代宗广德元年（763）岁末，杜甫正客居阆州（今四川阆中）。当时安史之乱虽然已经平定，但唐王朝的权威已遭重创，各地节度使间相互攻伐，天下并没有太平，杜甫依然滞留四川，抚今追昔，感怀深沉。

全诗大意：又是一年岁末，我还在遥远的天涯作客，边境上还在苦战用兵。吐蕃的烟尘侵入雪岭，我军备战的鼓角震动着江城。人世间时时处处都在流血，朝廷上不知有谁敢于请缨平乱。如能救国，我怎敢惜于一死？可知即使身世寂寞的我，面对战乱，亦难免壮心勃勃。

首联看似平淡的叙述语气中，蕴藏着诗人忧国忧民的沉重心境。"岁暮"一语双关，表面指的是时序岁末，深层指作者已进入人生暮年，更指唐帝国由盛而衰进入风雨飘摇的晚唐。"还"更表达出诗人对无休止的战争的厌烦，多少无奈忧愤尽含其中。中间四句皆承"用兵"而来。颔联紧承首联，具体写吐蕃兵势的浩大，以"烟尘"和"鼓角"来借代战争，勾勒出了战争前的紧张气氛，诗人听到外敌入侵后内心受到的强烈冲击，其心系国家百姓的那份真挚情感含蕴其中。颈联先写战争给人们带来灾难，虽看似夸张，细想也属实情；再发出自己的忧叹"朝廷谁请缨"，这里用汉代终军请缨故事，暗讽朝廷将相的无能，居然没有能奋不顾身以身殉国难的人。尾联归结到自身壮志未酬的志向，卒章见志，更以"寂寞"暗合首句"岁暮远为客"，结构极为绵密。

登　楼

杜　甫

花近高楼伤客心，万方多难此登临。
锦江春色来天地，玉垒浮云变古今。
北极朝廷终不改，西山寇盗莫相侵。
可怜后主还祠庙，日暮聊为《梁甫吟》。

此诗作于唐代宗广德二年（764），唐王朝的内忧外患依然没有止歇，甚至还有加剧之势。西陲的吐蕃成为最大的边患，屡次犯边。四川的松、维、保三州就沦于其手。杜甫感时伤怀，在诗中表现出对国家时局的无限忧思。

全诗大意：在国家多难之际我登上了这座楼，虽然楼畔都开满了花朵，我依然心境凄怆。城中锦江的春色好像与天地同在，西边玉垒山的浮云从古至今都在不停地变幻。朝廷的存在就如北极星一样不可撼动，西边的贼人也不要再有侵犯的念头了。蜀汉后主还享受着祭祀，我就在这傍晚时分聊且唱起《梁甫吟》来遣怀吧。

《唐诗体》："通首即景摄情，以情合景，融洽互显，一气顶接。体格极雄浑，作法亦极细密。"

此诗的起句极富突兀拗折之美。"花近高楼"，本是花团锦簇之象，理应心生欢喜才是，随后却接"伤客心"三字，造成了巨大的心理落差与冲击力，并设置了悬念。最终在第二句做出了回答，而"万方多难"中透露出沉重悲壮感，既指国家的现状，又以苍凉的气势笼罩全篇。颔联写登楼所见之景，上句的一个"来"字使锦江的春色呈现出鲜明的动感，蕴藏着诗人对这块土地的无限热爱；下句提到的玉垒山位于成都西边，是当时与吐蕃交战的前线，诗人以变幻的浮云来指代不定的时局，展现出无尽的忧思。颈联由眼前之景转到对国家大事的议论。第五句充满了对唐王朝的信心，第六句有对敌人的告诫，更多的是对时局的担忧。尾联呼应首联，再次回到自身，寄托着身逢衰事而无力扭转乾坤的无奈，"日暮"一词更加深了全诗的苍茫氛围。

阁　夜

杜　甫

岁暮阴阳催短景，天涯霜雪霁寒宵。
五更鼓角声悲壮，三峡星河影动摇。
野哭千家闻战伐，夷歌数处起渔樵。
卧龙跃马终黄土，人事音书漫寂寥。

这首七言律诗是杜甫于大历元年冬寓居夔州西阁时所作，是诗人感时、伤乱、忆旧、思乡心情的真实写照。当时，蜀中发生了军阀的连年混战，吐蕃也不断侵袭蜀地，杜甫好友郑虔、苏源明、李白、严武、高适等人相继亡故。国家太平遥遥无期，亲友渐渐凋零，杜甫深感寂寞悲哀。

全诗大意：光阴轮回，岁暮寒冬，夜长昼短；我沦落天涯，在这霜雪初至的寒夜。五更时分传来的鼓角声，起伏悲壮；倒映在三峡中的银河星辰，随着江波动摇。战乱消息传来，千家痛哭，哭声传彻四野。有好几个地方，渔人樵夫们唱起了民歌。诸葛亮和公孙述，一样最终归于黄土；人事变迁，音书断绝，如今都只好任其寂寞了。

此诗首联点明冬夜寒怆，意象浑阔，用字凝练，有笔力千钧之状。"催"字不但形象地说明夜长昼短，更写出时光流逝之速，使人觉得光阴荏苒。"寒"字既写了天寒，也写了诗人沦落天涯的荒寒心境。颔联从听觉和视觉两个方面，寓情于景，上句透露出悲惨的战争现实，下句写壮美的三峡夜景，创造了一种悲壮雄浑的意境。同时又富有言外之意，正如悲壮的鼓角是国家失序、民有怨气的表现，《汉书·天文志》曾言"星摇者，民劳也"。星河动摇是百姓劳顿的反映，战乱频仍给百姓带来的灾难和痛苦不言而喻。颈联以"野哭"与"夷歌"这两种声音来渲染战争的气息，十分痛切地表现出战争带来的灾难。最后想到如卧龙诸葛亮那样的贤相与跃马公孙述那样的奸雄同归寂寞的事实，以及自我劝解的慰藉之语，表达了对国事无能为力的伤感与对宇宙永恒和人生无常的悲哀。但是从作者的自我宽慰之中，我们并没有看到这位忧愤诗人的真正解脱，反而看到了他无边的寂寥和苦闷。此诗气象雄阔，有上天下地、俯仰古今之概。明代胡应麟称赞此诗："气象雄盖宇宙，法律细入毫芒。"

诸 将 (其一)

杜 甫

汉朝陵墓对南山，胡虏千秋尚入关。
昨日玉鱼蒙葬地，早时金碗出人间。
见愁汗马西戎逼，曾闪朱旗北斗殷。
多少材官守泾渭，将军且莫破愁颜。

唐代宗永泰二年（766），杜甫自云安迁居至夔州（今四川奉节），开始晚年一段较安稳的生活。但当时时局未宁，天下战乱依然不休，杜甫念及国家大事，忧愤难平，写下五首《诸将》，寄托忧国忧民的情绪。这里所选为第一首。

全诗大意：汉朝诸帝的陵墓正好对着终南山，千年以后，胡人的军队依然还能侵犯此处。一番劫掠过后，当时珍贵的陪葬品纷纷重现人间。吐蕃铁骑正步步紧逼，长安一带的战斗没有止息。无论有多少将领屯集在渭河两岸，将军们千万都不能掉以轻心啊。

此诗因吐蕃入侵而作，以责备当时诸将不能为国效力。据《资治通鉴》载，当时"犬戎犯关度陇，不血刃而入京师，劫宫闱，焚陵寝，武士无一力战者"。诗的前四句就是对诸将不力战后果的直接描绘，以汉喻唐，以皇帝陵寝被焚掠的事件代表当时关中遭受的惨痛景象。"玉鱼"引用《搜神记》卢充的故事，"金碗"相传为西汉楚太子的陪葬品，诗人这里将其作为典故引用，如盐溶水，了无痕迹，又寄寓着深沉的痛楚，显示出高超的艺术功力。后半段是鉴于往事对现在的将领们提出的警告。五、六句对仗精警，用笔凝重而华丽。"见愁汗马"，指敌寇侵扰的危险局面依旧没有解除，"朱旗"更显出敌人的声势浩大，国家前途堪忧。正因于此，在最后对当时的诸将提出警醒，平白如话，谆谆道来，诗人对国家的满腔忧虑于此尽显。全诗风格苍凉而庄重，叙事议论并呈而没有流于生硬，故而古人评杜甫七律时说"深浑苍郁，定推《诸将》"。

诸 将 (其二)

杜 甫

韩公本意筑三城，拟绝天骄拔汉旌。
岂谓尽烦回纥马，翻然远救朔方兵。
胡来不觉潼关隘，龙起犹闻晋水清。
独使至尊忧社稷，诸君何以答升平。

此诗在吐蕃之外，全为当时唐王朝的另外一大强敌回纥汗国而作。回纥在助唐王朝平定安史之乱的过程中，屡立大功，同时也多次劫掠百姓，并成为唐朝的另一重忧患，更曾联合吐蕃一同进犯唐朝。此诗显然是诗人感于当时严峻的形势而写。

　　全诗大意：当年韩国公张仁愿计划要在塞外修筑三座受降城，彻底打消北方草原民族觊觎中原的野心。没想到时移世易，最后还要劳烦回纥人来救援唐朝精锐的朔方兵。敌人大兵压境的时候，潼关不会成为其阻碍；而我朝兴起之时，也曾有代水变清的吉兆。现在唯有皇上为社稷担忧，将军们又凭什么来坐享太平呢？

　　此诗因时局而写，起笔时却将思绪投到五十年前，当时的韩国公张仁愿是何等的英雄，大唐的国力是如何的强盛，实则是为了反讽当时的将军们苟且偷安，不能为国家出谋划策。同时，第二句的"绝""拔"二字也极力凸显出胡汉双方紧张的激烈斗争，更暗示着诸将若不奋起，国家有覆灭之虞。颔联承接首句的"本意"而来，世态的反复变易由此可见一斑。这里也表现出诗人敏锐的洞察力，正是朔方军的作战不力，乞求于回纥，才为国家带来了无穷的祸患。这同样是为了影射当时的将军们，前车之鉴不远，现在更须知耻而后勇。第五句无可奈何地承认当时朝廷的困境，不但天时不在，人心不齐，就连地利也已经一并丧失。第六句却笔锋一转，宕开一笔，回写大唐开国时的兴旺景象，当时李靖等名将一举荡平突厥的威胁，大唐有代水一清的吉兆。这实际上也在激励当时诸将，有名将在先，自可效法。尾联作者的意图最为显豁。直斥诸将不能为国分忧。全诗章法有致，几乎不着议论，而议论自见，从不同方面以警惕诸将，可谓用笔工巧，用心良苦。同时，诗人在全诗中连续使用"本意""拟绝""岂谓""翻然""不觉""犹闻""独使""何以"等词，使得全诗前后斡旋，议论中见深情，感慨中见蕴藉，增强全诗的流畅性，极有神韵。

诸 将（其三）

杜 甫

洛阳宫殿化为烽，休道秦关百二重。
沧海未全归禹贡，蓟门何处尽尧封。
朝廷衮职虽多预，天下军储不自供。
稍喜临边王相国，肯销金甲事春农。

此诗为《诸将》的第三首，由国家的外患说到内忧。当时的安史之乱虽然已经平定，但藩镇割据的局面已然形成，多地的节度使纷纷不听朝廷号令。这对于唐王朝的危害甚至比外患更为严重。杜甫深刻地意识到这一症结，心怀难解，写就这一忧心忡忡的诗歌。

　　全诗大意：洛阳城的宫殿早已在烽火中被烧毁，潼关的险要也休得再次夸说。国家的版图还没有真正重归一统，河北的情况尤为严重。朝廷虽然衮衮诸公纷纷当权，但无人能保证朝廷军粮能完全自给。只有王相国才能令人觉得心有安慰，毕竟他肯放弃战伐恢复农业生产。

　　开篇两句即写唐王朝在平叛战争中付出的代价，繁华的洛阳城两次毁于战火之中，曾经"百二"雄关的潼关，在战争中也没有起到什么作用。表面上是洛阳、潼关的沧桑，实则说的是唐王朝威信尽失。这与全诗的基调是完全一致的。颔联中提到的"沧海""蓟门"指的是今天的河北一带，当时安禄山的余党表面上投降朝廷，实际上还盘踞于此，自成一统。以此反观首联，其中的感慨意味更为浓重，朝廷付出如此沉重的代价，竟获得的还是不完整的江山。颈联将批判的重心由跋扈的藩镇转向昏聩的朝中诸臣，"虽""不"二字的连用，构成了强烈的反讽。由"军储"二字，自然过渡到当时还能支持屯田的宰相王缙那里，称赞其忠心为国的举动。这也不仅仅是称赞王缙，实际反映了普通百姓的心声，在频繁的战争过后，百姓们最渴望的是休养生息，恢复生产。结合这一历史背景，诗人对藩镇、朝臣的指责也就更为辛辣，同时又暗含不露，饶有风致。

秋兴八首（其二）

杜 甫

夔府孤城落日斜，每依北斗望京华。
听猿实下三声泪，奉使虚随八月槎。
画省香炉违伏枕，山楼粉堞隐悲笳。
请看石上藤萝月，已映洲前芦荻花。

《秋兴八首》是杜甫永泰二年（766）离开成都旅居夔州时遥想长安的作品。所谓"秋兴"，指的是因秋色秋景而感发情怀。此处所选为第二首。当时，安史之乱虽已结束，但唐王朝仍然面临北方重新割据的危险。诗人在国家动荡不安、客居他乡的背景下完成此组诗。这组诗充溢着深沉的忧思，就艺术成就而言，也是杜甫七律成就的代表作。

全诗大意：孤城夔府落日西沉的时辰，我常常依凭北斗星思恋遥远的京城。在巫峡听到猿猴的哀鸣让我也不由得泣下沾襟，终究还是未能像汉朝张骞乘着八月的木槎再度还朝。由于生病我没能去那装饰着画墙、供奉着香炉的尚书省供职，如今悲凉的笳鸣经过白帝城低矮的城墙隐隐传来。时间过了许久，请君看那本来在藤萝上面的月光已经延伸映照至洲前的芦荻花。

此诗描写的时序由日暮而至深夜，在写景抒情上极见功力，着力刻画诗人在夔府秋夜北望京华时的眷眷忠心。首句即营造了孤寂、萧瑟的意境，正是诗人内心孤独的写照。颔联运用了虚实结合的手法。第三句实写猿的哀鸣声，传达了诗人忧心国事的凄凉心境，下句运用张骞乘木槎到天河的典故虚写自己归乡之日的遥遥无期。虚实结合的艺术手法，传神表达了诗人孤身漂泊异乡、心怀故国却有家难归的深切哀伤。颈联则将往事与现实对照描绘，道出长离京华、羁留夔府的无奈。其中第五句回应第四句，第六句呼应第三句，交叉承接，以想象中的古都景象与现实的凄凉处境两相对照，进一步渲染其身处僻地而心系京城的款款忠心。尾联以景结情，用月光的移动，来展现其伫立之久而又不觉其久。全篇慨往伤今，回环感叹，诗人忧时伤事的一片忠悃尽现。

秋兴八首（其四）

杜 甫

闻道长安似弈棋，百年世事不胜悲。
王侯第宅皆新主，文武衣冠异昔时。
直北关山金鼓振，征西车马羽书驰。
鱼龙寂寞秋江冷，故国平居有所思。

此诗是《秋兴八首》的第四首，在表情传意上堪称整组诗歌的枢纽。此诗以安史之乱为中心，写长安近况，感叹长安时局多变以及边境纷扰。组诗由此首开始，主题转向回忆长安。

　　全诗大意：听说长安的政局就像一盘未下完的棋局，犹自反复不定。思量百年来的国事家事，真有说不尽的悲哀。王侯们的家宅更换主人，朝廷的典章制度等也都不同往日。北方的民族尚且不断内侵，关山的号角响个不停；西方来的战马正在急速奔驰传达着边疆告急的文书。眼前冰冷的秋江中不见鱼龙的踪迹，潦倒的我，回想往日在长安的生活，不禁又陷入沉思。

　　首联凌空而起，笼罩全篇。中央政局彼争此夺，变化急促，故比作"弈棋"，贴切而形象。"不胜悲"更是奠定了全篇的感情基调。中间四句承首联，皆指"闻道"之事，具体写"似弈棋"的内容。颔联感慨世道的变迁、时局的动荡，着重内忧，国运今非昔比。颈联则侧重写朝廷的外患，当时北方的回纥、西方的吐蕃轮番侵扰大唐。故诗中提到"直北"与"征西"。其间不胜今昔之感。尾联又将思绪从遥远的世界收缩到眼前的场景，总结全篇。第七句写到"秋"，以清冷秋江喻诗人当前身在夔州之处境。第八句写到"思"，是对全篇的精确概括。全诗意象雄俊，豪气喷涌，且收纵自如，表现出杜甫晚年纯熟的诗歌语言驾驭能力。

登岳阳楼

杜 甫

昔闻洞庭水，今上岳阳楼。
吴楚东南坼，乾坤日夜浮。
亲朋无一字，老病有孤舟。
戎马关山北，凭轩涕泗流。

唐代宗大历三年（768）冬，杜甫离开夔州，漂泊湖湘。其间，独自登上洞庭湖畔的岳阳楼，触景感怀，写下此篇。

全诗大意：从前就听说过烟波浩茫的洞庭湖茫茫大水，今天有幸登上湖边的岳阳楼。大湖浩瀚无边，东南的吴楚两地在此生生隔开，天地也像在湖面日夜漂浮。如今，亲朋故旧没有一字音信寄给我，年老体弱的我只得栖身在一叶孤舟之上。凭窗遥望，想到关山以北的战争仍未止息，不禁泪水横流。

全诗将眼前雄伟壮阔的景色与诗人个人的身世悲凉之感及对国事的忧心有机地结合了起来，写得意境阔大，情景交融，这是与诗人忧国忧民的博大胸怀分不开的，充分表现了沉郁顿挫的杜诗本色。首联"昔闻""今上"呼应，写人生暮年竟能登上岳阳楼观赏洞庭湖的美景风光，显示出作者初次登临的喜悦之情。颔联雄伟精警，极重炼字，"坼""浮"二字富有动态感，自然贴切，使意境更加辽阔雄浑，直现洞庭湖浩瀚无际的磅礴气势。颈联则着力描写自己的孤寂，与上联的湖阔雄伟形成鲜明的对比，愈益显出自己的痛苦之情，可谓"万里乾坤，百年身世，唯有此情苦"。然而诗人的感情没有流于自怨自艾，全诗的结尾处说道，使诗人凭轩老泪横流的，不仅因有感于自己凄苦的身世，更重要的是纵目远眺，遥想北方边境，战乱未平，国家艰危，而悲上心来。全诗摒弃对洞庭湖与岳阳楼的精细刻画，从大处着笔，气势雄伟，吐纳天地，心系国家安危，悲壮苍凉。时间上抚今追昔，空间上包吴楚、越关山。其身世之悲、国家之忧，浩浩茫茫，与洞庭水势融合无间，形成沉雄悲壮、博大深远的意境。

走马川行奉送封大夫出师西征

岑 参

君不见走马川行雪海边，平沙莽莽黄入天。
轮台九月风夜吼，一川碎石大如斗，随风满地石乱走。
匈奴草黄马正肥，金山西见烟尘飞，汉家大将西出师。
将军金甲夜不脱，半夜军行戈相拨，风头如刀面如割。
马毛带雪汗气蒸，五花连钱旋作冰，幕中草檄砚水凝。
虏骑闻之应胆慑，料知短兵不敢接，车师西门伫献捷。

岑参（约 715—770），祖籍河南南阳，移居湖北江陵（今湖北荆州）。唐代著名的边塞诗人，曾长期在安西节度使高仙芝、北庭节度使封常清等人的帐下任掌书记、判官等职，创作出近百首讴歌边塞风光、军旅生活的诗歌。后任嘉州刺史，世称岑嘉州，有《岑嘉州诗集》传世。此诗中的"封大夫"即为当时的北庭都护封常清。

全诗大意：你看那荒凉的走马川，正在雪海旁边，只有一片黄沙，绵延到天际。刚到九月，轮台的狂风就昼夜吹个不息，那满地的碎石，也被吹得随地乱滚。这时正是匈奴牧草正黄、战马正肥的时刻，金山的西面战尘正飞，汉家大将也在此时出师西征了。征伐途中，将军的铠甲昼夜不脱，半夜行军时戈矛相撞，那凛冽的寒风吹打在脸面又如刀割。天气极端严寒，雪花落在马的身上却瞬间被汗气融化，可立刻又结成了冰，连起草檄文的砚墨也已经冰冻。当敌人听到我军出征的消息一定心惊胆颤，不敢迎击，我就在车师城的西门等着胜利的消息。

全诗生动地展现了唐军将士的一次冒严寒、穿雪海的行军历程，对边塞的严寒天气与壮美风光极尽夸张之描写，渲染出边防将士高昂的爱国激情。全诗首先围绕"风"字展开，前三句交代出行军的地理背景，"平沙莽莽黄入天"，一派混沌的绝域景象，黄沙蔽天，迷迷蒙蒙，虽没有写出风，而"风"却呼之欲出。接着用"吼"字显示出风的狂猛，这是正面写风的威力；而"石乱走"，则是反衬出风的狂暴。战场的险恶环境于此尽显。接着写此次出征的原因，匈奴人要利用秋高马肥之际进扰，而唐军已有准备，于是开始了一场艰苦卓绝的进军。诗人对西征的描写主要着眼于"寒"字，抓住风寒如刀、马毛作冰、砚墨水凝等丰富的细节，将极端的严寒展示在读者面前，令人有身临其境之感，更反衬出将士们顶风冒雪不畏严寒的必胜信念。在如此的军容与斗志面前，最后三句对胜利的预料也就顺理成章。全诗气势昂扬，雄浑壮美，意境阔大而细节刻画入微，非亲临其地者不能道。

轮台歌奉送封大夫出师西征

岑 参

轮台城头夜吹角，轮台城北旄头落。
羽书昨夜过渠黎，单于已在金山西。
戍楼西望烟尘黑，汉兵屯在轮台北。
上将拥旄西出征，平明吹笛大军行。
四边伐鼓雪海涌，三军大呼阴山动。
虏塞兵气连云屯，战场白骨缠草根。
剑河风急雪片阔，沙口石冻马蹄脱。
亚相勤王甘苦辛，誓将报主静边尘。
古来青史谁不见，今见功名胜古人。

此诗与《走马川行奉送封大夫出师西征》虽同样写西征，但手法迥然不同。《走马川行奉送封大夫出师西征》主要刻画行军场景来烘托唐军必胜的声势，此诗则是正面刻画战阵之事，写战场的残酷与战斗的激烈，同样洋溢着爱国主义的激情。

全诗大意：轮台城中吹起了号角，城北上空的旄头星已经沉落。急报传来，敌人已经侵逼到金山西侧，汉军也频繁调动，屯聚在轮台城北。大将军在今晨统率大军出师迎敌，大军气势豪迈，军容壮盛，鼓声、欢呼声，撼天动地。前方的敌人也大兵云集，这场厮杀下来必定白骨遍地。那剑河的雪正大，那沙口的天正寒，大将军毫不畏惧，誓要一举荡平敌人，报答主上的恩情。古来名垂青史的人物屡见不鲜，如今将军的功名将要超过古人。

全诗共分三层。第一层为前六句，写战争前的紧张准备。对轮台城环境的反复描画，传达出战争前的紧张气氛，同时也暗喻着唐军必胜的信念。古人认为"旄头星"主胡运兴衰，以旄头星落来指代胡人的战败。随后写胡人与唐军的频繁调动，"单于已在金山西""汉军屯在轮台北"，两军对垒的阵势已经形成，战争一触即发。第二层为中间八句，句意沉雄，波澜壮阔，先以夸张的笔法写出唐军的声势豪壮，仿佛胜利已在眼前，然而荡开一笔，又说"虏塞兵气连云屯"，意味着敌人同样强大，一场恶战已不可避免。这种以强衬强的写法，更能传达出唐军不畏强敌的激昂斗志。"战场白骨缠草根"，即将这场尸横遍野的惨烈勾勒得触目惊心。随后写"剑河""沙口"的奇寒，在《走马川行奉送封大夫出师西征》中是全诗的主角，在这里只是对这场恶战的点缀，与胡骑遍地、白骨遍野一起构成惨烈的沙场征战图。最后一层为后四句，是对封常清功绩的赞扬，回应诗题"奉送"。封常清曾摄御史大夫职，故称亚相。全诗结构紧凑，意象豪迈，运用象征、比喻、夸张、想象等多重手法，绘制出生动的边塞战争场面。

送李副使赴碛西官军

岑 参

火山六月应更热，赤亭道口行人绝。
知君惯度祁连城，岂能愁见轮台月。
脱鞍暂入酒家垆，送君万里西击胡。
功名只向马上取，真是英雄一丈夫。

此诗作于唐玄宗天宝十载（751）六月，当时高仙芝正率军西征，李副使（名号不详）正由姑臧（今甘肃武威）赶赴碛西（安西都护府附近，今新疆库车），岑参以此诗送别。

　　全诗大意：六月的火焰山应更加的炎热，那火焰山旁的胜金口路上已没有行人。我知道你常年在祁连山下的城池间奔波，已经习惯边关风貌，怎么会因西域的异乡月亮而发愁呢。我们暂且下马到酒家大醉一场，然后送你上马去前线抗击敌人。你要在战争中获得功名，真是大英雄大丈夫啊。

　　此诗名为送别，却一反常态，字里行间毫无依依不舍之情，甚至还期盼李副使早日到达碛西，洋溢着建功立业的昂扬激情。开头两句点明送行的时间与地点，是在一年之中最为炎热的六月的火焰山，烘托出李副使不畏艰苦、毅然前行的豪气。三、四句既是对李副使此前生涯的生动概括，也是对其奔赴前路的畅想，语意流畅而意完神足，展示出积极进取的精神面貌。五、六句写两人杯酒话别，一个"暂"字暗指行程急迫，而"击胡"则是直白地道出西进的目的，透露出无比自豪的情绪。最后两句直抒胸臆，气势沉雄，同时具有"点题"意义，充溢着建功立业的英雄豪情，激励着无数以身报国的热血男儿。

赵将军歌

岑 参

九月天山风似刀，
城南猎马缩寒毛。
将军纵博场场胜，
赌得单于貂鼠袍。

诗中提到的赵将军姓名不详，疑为封常清的副手赵节度。此诗通过对将军豪情的赞扬，呈现出边塞将士无畏严寒、舍身保国的乐观精神。

　　全诗大意：刚到九月，天山一带的天气即十分严寒，寒风刮在脸上如刀子般锋利，城南的战马为了御寒也将毛缩在一起。赵将军正与敌人博弈，场场皆胜，已赢得了匈奴单于那名贵的貂鼠袍了。

　　此诗最大的特色即是一连串的对比，大对比中套着小对比，将唐军将士的风采展露无遗。首先，全诗的前两句与后两句形成强烈的对照，前两句极力描画环境的艰苦，后两句则是这艰苦环境中的将军豪情，正是由于这严寒天气的映照，此豪情方显得愈加可贵，人物形象亦更为立体。前二句对严寒的刻画，也是别具匠心。九月本是中原地区宜人的秋凉天气，此处却将其与"风似刀"的现实放在一起，形成强烈的反差；边关的战马本来极为耐寒，此时却将其毛"缩"为一团，愈见此时天气之严寒。后两句对赵将军纵博而胜的精彩画面的勾勒，使读者仿佛看到挑着单于貂鼠袍而回的将军潇洒的身影。同时，这里的"场场胜"与"单于"也有着双关意义，暗示唐军对胡人的战斗常常能取得大捷。诗人对将士们英勇善战的钦佩也由此表现得不露痕迹。

军城早秋

严　武

昨夜秋风入汉关，
朔云边月满西山。
更催飞将追骄虏，
莫遣沙场匹马还。

严武（726—765），字季鹰，华州华阴（今陕西华阴）人。出身官宦世家，年少时豪迈不羁。后任剑南节度使，予颠沛流离中的杜甫以极大的接济。以军功封郑国公，在抵抗吐蕃侵略的战争中立有殊勋。此诗即生动地表现出其镇蜀时反击侵略的英风侠气。

全诗大意：昨晚敌人大军侵犯我朝的边关，密集的战云与冰冷的月色笼罩着西山。激烈的战斗过后，我军大胜，现在派遣勇猛的将士追击那曾经骄横的胡虏，定要叫他片甲不留。

安史之乱后，唐王朝元气大伤，吐蕃觊觎着大唐疆土，四川更是其经常骚扰的地区。严武任剑南节度使时，多次挫败吐蕃的图谋。此诗刚劲有力、淋漓酣畅地展示出诗人誓吞骄虏的豪情。前两句表面上是在写秋天的景致，冷冽的秋风、密布的乌云以及边关的月色都给人萧瑟之感；实则是写敌人大军深入的骄横气势。因西北少数民族多选择秋高马肥之时，兴兵侵扰，故常以秋风比喻敌人的铁骑。此诗在写景的同时也勾勒出大战在即的肃杀紧张之气氛。仿佛一场惨烈的大战已不可避免，可诗人却宕开一笔，没有写两军交战经过，直接着笔于乘胜追敌的大好形势。用笔简练，剪裁老到，读起来刚健有力。诗人蔑视敌人的豪情与克敌制胜的自信，弥漫于字里行间；大军统帅挥斥方遒的气度也于此尽显。

塞上曲（其二）

戴叔伦

汉家旗帜满阴山，
不遣胡儿匹马还。
愿得此身长报国，
何须生入玉门关。

戴叔伦（约 732—约 789），字幼公，一字次公，润州金坛（今江苏常州金坛区）人。曾任新城令、东阳令、抚州刺史、容管经略使等。其诗多表现隐逸风格与闲适情调，但也有慷慨激昂的爱国诗歌，此诗即是这类诗歌的代表。

全诗大意：汉军的军旗已经插满了阴山，这场战争一定要将来犯的敌人悉数荡平。我只愿这一生能长久地报效国家，何必要活着回到家乡故土。

全诗集中表现了诗人要求保卫边疆、建功立业的雄心，节奏明快，风格遒劲，写来一气挥洒，读来荡气回肠。全诗开篇以汉喻唐，如奇峰突起，写出唐军胜券在握的声威。诗中的阴山，在唐代的边塞诗中反复出现，因其历来是中原王朝防备北方游牧民族的天然屏障。中原王朝控制阴山地区，意味着国家的安宁已得到保障。诗人以"汉家旗帜满阴山"，骄傲地宣布唐军已取得大胜的讯息，下一步就要彻底清除边塞的威胁，故而"不遣胡儿匹马还"句顺势直下，情感允洽，笔势顺畅。后两句反用班超的典故，烘托出以身许国的决心。班超经营西域三十年后，晚年思乡，上表皇帝乞归，说道"臣不敢望到酒泉郡，但愿生入玉门关"。这里反用其意，立功报国的耿耿忠心被渲染得无以复加，令人印象深刻。

塞下曲（其三）

卢　纶

月黑雁飞高，
单于夜遁逃。
欲将轻骑逐，
大雪满弓刀。

卢纶（739—799），字允言，河中蒲城（今山西永济）人。"大历十才子"之一。卢纶一生仕途坎坷，终身沉沦下僚，但与当世名人都有较深的来往。故而其诗歌中以赠答诗为主。《塞下曲》六首是其诗歌中少见的风格雄浑的力作，这里所选为第三首。

　　全诗大意：在漆黑的夜晚里，一群大雁高高地飞在空中，单于的大军也正要乘着黑夜悄悄逃走。将军率领轻骑兵一路追杀，哪里还顾得大雪已经落满了弓与刀。

　　此诗描绘了一幅雪夜追击敌军的壮阔画面，虽只有短短二十个字，却极有感染力，仿佛能带着读者亲身来到那个寒冷而热闹的雪夜。第一句交代故事发生的时间与背景，更让读者感受到战前的紧张气氛。宿雁惊飞，本不是正常现象；此时大雁飞走，正暴露了敌军的动向。短短五字，唯有富于战争经验的人才能道出。第二句则透露出无比的豪气。"单于"是对匈奴首领的代称，泛指敌人的统帅，而"遁逃"又与其昔日骄横的形象构成了强烈的反差，何况其还是在夜间悄悄地逃走。诗人在不动声色间已给敌人以极大的嘲讽，而民族自豪感已溢于言表。接下来两句写我军的追击，用词极为考究。是"轻骑"而不是大张旗鼓，显露出对敌人的轻蔑与我军的自信。就是到了最后一句，诗人也没有写战争的过程，而是以满弓刀这一意象来烘托出将士们不畏严寒、勇往直前的英雄豪气，更令人意犹未尽。这也是诗人与历史学家的区别，历史学家的职责在于还原事件的来龙去脉，而诗人的本色是渲染出形象与情绪，至于故事的结局，最聪明的做法是留给读者以足够的想象空间。

塞 下 曲

李 益

伏波惟愿裹尸还，
定远何须生入关。
莫遣只轮归海窟，
仍留一箭射天山。

李益（约750—约830），字君虞，凉州姑臧（今甘肃武威）人。大历四年（769）中进士，然仕途不顺，一生多辗转于各地幕府之间，多次远赴燕赵之地游历。《唐才子传》称其"往往鞍马间为文，横槊赋诗，故多抑扬激厉悲离之作"。其边塞诗创作在中晚唐间享有盛名，其中激荡的爱国激情直与盛唐比肩。

全诗大意：伏波将军马援但求战死沙场，马革裹尸而还；定远侯班超又何必希望能在生前踏入玉门关。出征塞外，不能让敌人片甲逃回；更要时刻警惕，以薛仁贵般的威武，保卫天山南北的安宁。

此诗通篇用典，却毫无堆垛之嫌。正如《诗人玉屑》道："论者谓人莫不用事，能令事如己出，天然浑成，乃可言诗。"前两句用马援与班超之典故。《后汉书·马援传》中谈道："男儿要当死于边野，以马革裹尸还葬耳，何能卧床上在儿女子手中耶？"《后汉书·班超传》则提到班超年老思归时的上书："臣不敢望到酒泉郡，但愿生入玉门关。"一为慷慨报国，一为恋恋思归；诗人第一句正叙其意，第二句则反用其意。在一正一反中表达出誓以生命捍卫祖国边疆的坚定志向。第三句典出《春秋·公羊传》："僖公三十三年，夏四月辛巳，晋人及姜戎败秦师于殽……匹马只轮无反者。"形容大破胡人的气势，其气势之余波甚至还延至第四句。据《旧唐书·薛仁贵传》记载，薛仁贵击九姓突厥于天山，突厥派十余骑前来挑战，"仁贵发三矢，射杀三人，自余一时下马请降"，故军中歌曰："将军三箭定天山，壮士长歌入汉关。"如果说第三句流露出对敌人的切齿痛恨，第四句则是对时局的清醒认识，提醒朝廷还需有薛仁贵这样的猛将驻守边关，方可长保安宁。全诗处处用典，读起来却语意流畅，前后衔接自然。"惟""何""莫""仍"等助词的使用，如行云流水，使得全诗一气直贯到底，毫无阻隔。且"伏波"与"定远""莫遣"与"仍留""只轮"与"一箭"等词，对仗巧妙而自然，使得全诗在语意流畅的同时，又显得精巧而工稳，洵为力作。

少年行 （其三）

令狐楚

弓背霞明剑照霜，
秋风走马出咸阳。
未收天子河湟地，
不拟回头望故乡。

令狐楚（766—837），字壳士，号白云孺子，宜州华原（今陕西铜川）人。贞元七年（791）中进士，历任知制诰、翰林学士、华州刺史、河阳节度使等要职，官至中书侍郎同平章事，位居宰相之列。其诗风"宏毅阔远"，有《漆奁集》一百三十卷传世。令狐楚《少年行》共四首，这里所选为第三首。

全诗大意：弓箭沐浴着霞光，宝剑荡漾着寒霜，在秋风起的早上，少年骑马离开了咸阳。如果不收复河湟失地，就决不回头望向故乡。

此诗通过外在描写与内心刻画，着力塑造着立志报国的少年英风飒爽的形象。首句着重写少年的配饰，不写其衣着服饰，更不写其外貌神态，径写弓箭与宝剑，英武勇敢的风神已在不言之中。次句写少年的行动，诗人纵笔写其在秋风飒飒中离开京城，直赴边疆，虽未细加刻画，已足以使读者感受到其立志报国的矫健身影。三、四句则荡气回肠，令人叹服，既点出了少年"走马出咸阳"的背景与目的，更刻画出其少年英雄的内心世界。安史之乱后，吐蕃乘唐朝国力衰弱，侵占了唐朝的河湟地区（今甘肃西部、青海东部一带）直接威胁首都长安的安全。故而收复河湟失地，成为中晚唐朝野上下的共同心声。此诗三、四句有可能是少年的内心独白，也有可能是向送行父老立下的誓言，足令人玩味。诗人用"未收""不拟"两个否定词，将其决心刻画得不可动摇。元代杨载评价此诗"婉曲回环，删芜就简，句绝而意不绝"。少年的英风侠气，似一直在诗中回荡。

次潼关先寄张十二阁老使君

韩 愈

荆山已去华山来，
日出潼关四扇开。
刺史莫辞迎候远，
相公新破蔡州回。

韩愈（768—824），字退之，河阳（今河南孟州）人。郡望昌黎，故世称"韩昌黎"或"昌黎先生"。韩愈一生进取，贞元八年（792）中进士，官至吏部侍郎，故称"韩吏部"。谥曰"文"，又称"韩文公"。韩愈为唐宋八大家之首，在诗歌领域亦开"韩孟诗派"，其诗多刚健劲达之气。此诗写于征淮西藩镇得胜回朝之时。张十二阁老使君指张贾。因其时任华州刺史，故称使君；又因其曾在门下省做过给事中，故称为"阁老"。

全诗大意：刚刚越过荆山，华山就要迎面而来。潼关在灿烂阳光的映照下，已打开了四扇大门迎接凯旋的大军。刺史大人不要说迎接的路途遥远，这次是宰相裴度刚刚大破蔡州叛军得胜回朝啊。

唐朝中后期，藩镇割据，不服朝廷号令，其中割据以蔡州为中心的淮西节度使吴氏家族尤为猖獗跋扈。元和十二年（817），韩愈以行军司马的身份随宰相裴度出征淮西，大获全胜，消除国家几十年的祸患。诗人欣喜若狂。前两句写大军回朝的壮丽景象。"荆山""华山"连用，气象宏大，传达出唐军飞越群山的豪迈与对祖国大好河山的热爱。次句以景语写情语，在极力呈现阳光下无比雄壮的潼关仿佛敞开胸怀欢迎凯旋之师的背后，隐藏着此次胜利的得天心、顺民意，澎湃着欢乐的激情。后两句是寄语华州刺史，语气由前半首的雄壮转入轻松幽默，自在地邀请对方出城迎接大军，仿佛于理不合，有悖情理，实则反映出诗人对此次胜利的无比兴奋。最后一句节奏轻快，意气昂扬，绾结全篇，既是前三句景象的产生基础，也是感情酝酿迸发的顶点。全诗高度赞扬裴度平淮西的功绩，气势纵横，却没有流于平庸的歌颂，而是大开大合，在跌宕转承中尽见功力。故前人赞其为"颂而不谀，铺而有骨，格高调高，中唐不可多得，真大手笔也"。

征 西 将

张　籍

黄沙北风起，半夜又翻营。
战马雪中宿，探人冰上行。
深山旗未展，阴碛鼓无声。
几道征西将，同收碎叶城。

张籍（约766—约830），字文昌，和州乌江（今安徽和县乌江镇）人。贞元十五年（799）中进士。与韩愈来往密切。因曾任水部员外郎与国子司业，被后世称为"张水部""张司业"。其乐府诗与王建齐名，合称"张王乐府"。其诗歌多能反映社会现实，在平易流畅中见其深刻精微之意。此诗表达了诗人对大唐重振声威的期盼。

全诗大意：漫漫黄沙中，北风再度吹起，大军的营地在夜间也再度移动。战马只能在雪中歇宿，侦探先锋也穿行在冰面之上。大军出征，在深山中没有展开战旗，沙漠中也是战鼓无声。几路征西将军，将一起收复碎叶城。

此诗描绘出唐军出征收复西域碎叶城的经过，是诗人对往事的追摹，而不是关于时事的记录。自从贞元三年（787），龟兹、于阗、疏勒、碎叶等安西四镇被吐蕃攻陷后，唐朝一直无力收复。此诗讲述的是武则天长寿元年（692）武威军总管王孝杰、左武卫大将军阿史那忠节从吐蕃人手中收复安西四镇之事。全诗结构分明，前六句从三个角度对大军征程做出了传神的构绘。前两句写大军宿营的艰辛，随时可能因自然条件的改变而半夜移营。其中"黄沙北风起"，起笔高古，格调不凡。三、四句不写全军，而将目光着眼于"战马"与"探人"这两个群体，笔势摇曳，以局部见整体，而大军塞外征战之苦处也于此尽显，同时又蕴藏着不畏艰难的乐观主义精神。五、六句则写大军出征时的训练有素，纪律严明，同时也反衬出大军统帅的指挥有方。全诗铺垫至此，一支所向无敌之师的形象跃然纸上，最后"同收碎叶城"的局面也即水到渠成。全诗结构井然，而措置有方，在整饬的诗歌布局中尽显其爱国热情。

凉 州 词

张　籍

凤林关里水东流，
白草黄榆六十秋。
边将皆承主恩泽，
无人解道取凉州。

凉州指今天甘肃的河西走廊一带，《凉州词》本是乐府旧题。唐人创作的《凉州词》，多以七言绝句为主，以描写边塞生活为主题，至于所写之人事，或不限于凉州。张籍的《凉州词》共三首，却是实因凉州而发，写当时的凉州之事。此处所选为第三首。

全诗大意：凤林关前的流水依旧在悠悠东流，凉州的白草与黄榆又经过了六十个春秋。边关的将军们都深受皇帝恩泽，却没有人再说起要收复凉州。

唐代宗永泰元年（765），凉州被吐蕃攻陷，至唐敬宗宝历元年（825），已整整六十年，还没有收复。此时张籍也年近花甲，对失陷的凉州故土依然心怀眷恋。前两句借凉州风物来代指凉州沦陷区百姓的心声，以"水东流"来喻指当地百姓还心向东方的大唐，又用"白草""黄榆"这两种有凉州特色的植物来象征凉州人民，已在敌人的统治下度过了六十个春秋。后两句则直陈胸臆，揭露边将们枉受国恩，而不思报效国家的无耻行径，再结合前两句，无疑就是痛责守边将帅们辜负国家的重托与凉州人民的期待。满腔忧愤与无尽忧思尽出笔端，凄怆动人。清人李调元曾说"王建、张籍乐府，何曾一字险怪，而读之入情入理"。此诗平实质朴而情感深沉，正是张籍乐府诗歌的代表之作。

筹 边 楼

薛 涛

平临云鸟八窗秋，
壮压西川四十州。
诸将莫贪羌族马，
最高层处见边头。

薛涛（约768—约834），字洪度，唐代女诗人。长安人，长期生活在四川。聪慧貌美，富有诗才，声名倾动一时，与当时著名诗人元稹、白居易、韦皋、张籍、刘禹锡、杜牧、张祜等都有往来。薛涛不仅擅写女子绮思，亦心系社稷，笔下亦不时有忧国忧民之言。如这首《筹边楼》，就是薛涛忧时爱国的表现。明代诗人钟惺评其为："教戒诸将，何等心眼，洪度岂直女子哉，固一代之雄也！"

　　全诗大意：筹边楼高耸入云，窗外一片秋色。其壮丽的气象，在西川四十州中堪居首位。诸位将领不要贪图胡人的战马，来到这楼的最高层吧，看看那边塞的尽头。

　　筹边楼是唐代成都名楼，因是名相李德裕为筹划边事所建，故名。全诗前两句写筹边楼的气势。"平临云鸟"，可知其巍峨高峻；"八窗秋"，更见其地四望无际，天朗气清。次句的"壮"字即为对楼之气象的总结，又以"西川四十州"的范围见其卓尔不群的地位。如果说前两句明写楼之气象雄浑，后两句则隐现诗人的感慨深沉。第三句明白地告诫将军们不要贪图小利，轻开战端；至于原因，第四句中则写得极为隐晦。所谓的"最高层处见边头"，即是指站在筹边楼上就能看到敌人兵锋所指的最前线。言外之意，成都已经处在敌人的威胁之下。与第三句合观，正是讽刺诸将的暗于远图、贪图小利，使得边防局面不可收拾。全诗开合转圜，跌宕顿挫，而又有含蓄不尽之妙。

塞 上 曲

张仲素

卷斾生风喜气新，
早持龙节静边尘。
汉家天子图麟阁，
身是当今第一人。

张仲素（约 769—约 819），字绘之，符离（今安徽宿州）人。贞元十四年（798）中进士，官至翰林学士、中书舍人。张仲素诗风清婉苍劲，尤善乐府诗，长于写思妇离人之情绪。这首诗着力刻画出一位威风凛凛的镇守边疆的英雄形象，充溢着崇高的敬意。

全诗大意：战旗在风中飞舞，昭示着冲天的喜气，大将军早就持着皇帝的符节荡平边关敌人的侵扰。汉家的皇帝要在麒麟阁上绘着功臣的画像，将军你就是要第一个被绘像的人。

此诗首句明白如话，写军旗在风中猎猎飘拂，象征着大军豪迈的气势，"喜气新"三字既是对战旗招展之寓意的揭示，同时又为第二句预留下了伏笔。原来大将军早已奉皇帝的号令击退了敌人的侵犯。短短七字，不动声色间已把将军的赫赫声威铺写出来，"龙节"二字也使得此次战争师出有名，获胜理所应当，在称赞将军的同时，也歌颂了皇帝的声威与大唐的气势。后两句借古颂今，以汉宣帝绘像麒麟阁的光辉往事，来映衬将军此次获胜之意义，预示其必将留名青史。全诗虽结，而语意未绝，尤令人回味。张仲素等人生活在国力衰弱的中晚唐，当时的唐军对塞外民族很少能取得全胜的战绩。其在诗歌中对名将的赞颂，实则是暗藏着对衰弱国力的深深的无力感，寄寓着对国家统一、天下太平的向往。

塞下曲 (其三)

张仲素

朔雪飘飘开雁门，
平沙历乱卷蓬根。
功名耻计擒生数，
直斩楼兰报国恩。

张仲素的《塞下曲》共五首，组成一幅壮士慷慨赴边的豪情图，洋溢着浓厚的爱国主义精神以及无惧无畏的壮士情怀。此处所选为第三首。

　　全诗大意：雁门关头，大雪飘飘；朔风横扫黄沙大地，卷起地上的蓬草。丈夫立志报答国恩，必定一战扫清敌人巢穴，哪里顾得上斤斤计算战斗中具体擒获敌人的数量。

　　此诗前两句与后两句间形成了强烈的反差，构成无比强大的感染力。前两句极力表现边关生活的艰苦恶劣。雁门关在今天的山西北部，是当时与北方少数民族征战的前线。诗人从天上地下两个方面突出其地风雪的强劲，极有概括性，仿佛边塞边城都笼罩在这无尽的风雪之中，戍边将士的艰苦生活也就可想而知。最后两句却笔锋一转，唱出了将士们的冲天豪情。"楼兰"句引用西汉傅介子刺杀楼兰王的典故，泛指彻底击败敌人。三、四句豪放而细腻地表达出将士们的心声，他们的目标在直取敌酋，不屑于炫耀在普通战争中的功绩。在这一层转折中，将士们的豪情与自信更深一步。全诗笔法简练，却句句刚劲有力；短短二十八字间，又蕴藏着三层意思、两处转折，诗人匠心之巧，更可见一斑。

雁门太守行

李 贺

黑云压城城欲摧，甲光向日金鳞开。
角声满天秋色里，塞上燕脂凝夜紫。
半卷红旗临易水，霜重鼓寒声不起。
报君黄金台上意，提携玉龙为君死。

李贺（791—817），字长吉，河南福昌（今河南宜阳）人。唐代中期著名诗人。其诗歌风格奇特，想象瑰丽，意象奇绝，极有浪漫主义特色，有"诗鬼"之称。李贺年少即逝，终身坎坷，但其胸中笔下常有建功立业之念，此诗即为典型代表。《雁门太守行》为乐府旧题，本是歌颂洛阳令王涣的德政，自梁代后开始专门用来写沙场征战之事。

全诗大意：敌军大兵压境，我方城池岌岌可危。战士们苦战不退，铠甲鲜明，鼓角声飘满秋天的空中，鲜血色弥漫于边塞之上。援军已抵达易水之侧，漫天风霜中军容整齐。为了报答君主的招贤之意，我军将士舍身保国也在所不辞。

此诗虽是乐府旧题，但有其实在的历史背景。元和四年（809），成德军留后王承宗叛乱，攻打易州、定州等地。李贺感怀国事，写下此诗。开篇即描绘战争的紧张氛围。"黑云"一词出自《晋书》"周军围晋阳，望之如黑云四合"，这里用"黑云压城"形象地表现出叛军蜂拥而来的局势。而"甲光向日"展现出守城将士严阵以待、临危不惧的气概。其中"金鳞"与"黑云"构成了明显的反差，形容敌我双方，极有意味。三、四句分别从听觉与视觉两方面描写两军的鏖战，其中"角声"象征战前的动员，而"燕脂"比喻战士们的鲜血，这里截取战前与战后的两个典型场景再现一场激战，极有章法。五、六句写援军的紧张行军，可以看出作者富有军事常识。因晚上风大，所以要"半卷红旗"，以免走漏风声；而以不再响亮，来反衬出天气的严寒。最后两句又句势一转，语意上扬，引用燕昭王筑黄金台的典故，热情地赞颂将士们捐躯报国的豪情，也寄寓着诗人高昂的爱国情绪。

南　园 （其五）

李　贺

男儿何不带吴钩，
收取关山五十州。
请君暂上凌烟阁，
若个书生万户侯。

南园是李贺在昌谷的家园，元和八年（813）春夏间，李贺写了《南园十三首》。这里所选为第五首。

全诗大意：男儿为什么不仗剑从军，去荡平藩镇割据的局面呢？请你去看看凌烟阁上的功臣绘像，又有哪个书生得到了这万户侯的爵位呢？

这首诗章法独特，由两个设问句组成，充分表达了诗人一心报国的慷慨激昂之意。开端两句即直抒胸臆，气象非凡。吴钩，即是宝刀，带吴钩即从军报国之意。关山五十州也不是虚指，元和七年（812），也就是写这首诗的前一年，宰相李绛上书说"今法令不能及者五十余州"，很可能就是这样的现实触发了李贺的报国之志。后两句紧承上句，指出大唐历史上，从没有书生能建功封侯的先例，表达对身为书生现实的极度鄙夷，对大唐开国时那些功臣的极度赞赏，有希望跻身其列的意图，反衬出从军报国的高昂意志。这正与其在《南园》（其六）"寻章摘句老雕虫，晓月当帘挂玉弓。不见年年辽海上，文章何处哭秋风"的意旨相呼应。全诗情感激越，节奏明快，将书生自愧与从军报国的两种心情表现得非常酣畅。

泊秦淮

杜 牧

烟笼寒水月笼沙，
夜泊秦淮近酒家。
商女不知亡国恨，
隔江犹唱后庭花。

杜牧（803—852），字牧之，号樊川居士，京兆（今陕西西安）人。晚唐著名诗人，与李商隐并称"小李杜"。杜牧为中唐名相杜佑之孙，极有抱负，却终身不得重用，诗中多有对江河日下的国家命运的关切之词。

全诗大意：朦胧的烟霭与月光笼罩着秦淮河的水与沙，我在秦淮河靠近酒家的一处停船。那些歌女不知道亡国之苦，还在河对岸唱着那亡国之音。

此诗被清代大诗论家称为"绝唱"，诗人以高超的艺术手法写出深切的感时之心。诗歌的选题就极有讲究，"秦淮"是流经南京的一条长江支流，全长不过二百里，却是南京城的象征。南京曾为六朝古都，但每个定都南京的朝代都国祚不永，秦淮河也由此染上了苍凉的色彩，不由得令诗人抚今追昔，感慨系之。全诗前两句纯写秦淮之景。第一句互文见义，同时连用两个"笼"字，将秦淮河上的朦胧与迷茫的气质十足地勾勒出来。第二句紧扣诗题，同时一个"近"字极其精当，唯有离得近才能听清歌女的歌声，自然地过渡到下两句。商女，即为卖唱的歌女。而《后庭花》，又名《玉树后庭花》，是陈朝亡国之君陈后主创作的靡靡之音，故而成了亡国之音的象征。诗人在这里表面上是指责歌女没有亡国之思，实则是在谴责那些买唱追欢的达官贵人毫无忧国之心，尚自沉迷于享乐。整首诗感情热烈而表达得极为含蓄，用语凝练考究，在杜牧感怀国事的诗歌中也堪称杰作。

重 有 感

李商隐

玉帐牙旗得上游，安危须共主君忧。
窦融表已来关右，陶侃军宜次石头。
岂有蛟龙愁失水，更无鹰隼与高秋。
昼号夜哭兼幽显，早晚星关雪涕收。

李商隐（813—858），字义山，号玉溪生，又号樊南生，怀州河内（今河南沁阳）人。李商隐的爱情诗成就最高，也最广为人知，但其政治诗、爱国诗也达到了极高的水平，在晚唐罕有敌手。这首诗是相较《有感二首》而言，作于"甘露之变"后，当时宦官掌握朝局，控制皇帝，屠杀大臣，昭义军节度使刘从谏上书，表示"如奸臣难制，誓以死清君侧"。李商隐对此极感欣慰，写下此诗。

　　全诗大意：昭义节度使的军队占据有利的地形，要与君王同甘共苦，就像东汉凉州牧窦融一样，要讨伐叛臣；希望能如陶侃一样，进军首都附近，彻底荡平叛乱。从来没有蛟龙失水之时，更没有让鹰隼在秋天的天空独舞的道理。如今昼夜人哭鬼号，何时才能收尽这忧国之泪呢？

　　此诗一开始就难以掩饰喜悦与兴奋，极力表彰刘从谏的势力与优势，并高度赞扬其忠心报国的情操。颔联由现状说到期待，虽然刘从谏已如窦融那样上书表达心愿，但还没有实际行动，一个"宜"字就道出了期盼，希望他能做第二个陶侃，如杀死叛军苏峻那样荡平宦官作乱。颈联道出了难言的激愤。皇帝被称为龙，此时却被宦官挟持，如龙困浅水；那宦官却如鹰隼一样在空中欢腾，极尽猖狂。"岂有""更无"二词将这种不平的语气渲染到极致。最后则形容自己的担忧，证明前面的兴奋与期待是出于自然。整首诗结构严整，曲折回旋，而将忧国情绪展现得酣畅淋漓。古人曾称其七律为"终唐之世惟一人而已"，当不是虚誉。

河湟有感

司空图

一自萧关起战尘，
河湟隔断异乡春。
汉儿尽作胡儿语，
却向城头骂汉人。

司空图（837—908），字表圣，号知非子，又号耐辱居士。河中（今山西永济）人。晚唐著名诗人。咸通十年（869）中进士，曾任殿中侍御史。唐亡后绝食而死。其诗歌风格多以冲淡闲适为主，但因当时国势衰微，亦时有关心国家命运之诗。此诗揭露河湟失地的现状，即引起后世永恒的思考。

全诗大意：自从萧关一战后，河湟地区就陷入敌手，与大唐失去联系。当地的汉家儿郎全部开始说起胡人的语言，并站在城头大骂汉人。

河湟地区即湟水流域，主要在今甘肃西南部、青海东部一带，安史之乱后被吐蕃攻陷，至司空图的时代已将近百年。全诗的前两句沉痛地回忆起河湟陷落的经过，特别指出萧关之战，可谓独具慧眼。因萧关是河湟与内地间的交通要道，正是吐蕃人首先攻占了萧关，使得河湟地区与内地音讯不通，陷落敌手。第二句以"异乡春"来指代如今河湟地区与内地截然不同的风俗习惯，是沿袭唐诗中关于"春"的常见用法，如王之涣的"春风不度玉门关"等，皆喻指大唐的声教不能施于此地，其中包含了无限的沉痛。后两句选取一个特别的场景，本来的汉家子弟，却熟练地用胡人的语言来痛骂同胞。这不仅是疆土的沦陷，更是文化的失落。对于素来文化自信的唐人来说，河湟陷落的悲剧意味也莫过于此。诗人以此一例，概尽其余，无限悲慨之意，皆存其中。

宋诗篇

宝　剑

欧阳修

宝剑匣中藏，暗室夜常明。
欲知天将雨，铮尔剑有声。
神龙本一物，气类感则鸣。
常恐跃匣去，有时暂开扃。
煌煌七星文，照曜三尺冰。
此剑有人间，百妖夜收形。
奸凶与佞媚，胆破骨亦惊。
试以向星月，飞光射搀枪。
藏之武库中，可息天下兵。
奈何狂胡儿，尚敢邀金缯。

欧阳修（1007—1072），字永叔，号醉翁，晚号六一居士。北宋著名的政治家、文学家。曾在北宋文坛上发起诗文革新运动，写诗追求平易晓畅，然平淡中亦常见奇语。今存有《欧阳文忠公集》。

全诗大意：匣中的宝剑具备种种灵性，在暗夜中常常发光，天要下雨时也会铿然有声。其本性应与神龙是一物，故有所感应，就会放声长鸣。我担心其会飞走，故有时也打开剑匣把玩。如此宝剑，上应天上的星文，人间有此物，定能铲除所有的妖孽。对内可以除去奸臣，对外可以击破强敌，就是静藏在武库之中，也可以保障天下太平。我朝有此神物，为何要向异族馈送金帛财物？

此诗托物言志，通过咏叹宝剑，表达了诗人内除奸臣、外破强敌的爱国志向。全诗分为前后两段。前段罗列宝剑的种种异象，要言不烦，绝不落入繁缛琐碎之境地。后段写宝剑的功用，实则是一一列举其痛恨的危害国家的种种内忧外患，更是语意铿然，沉着痛快。最后归结到对朝廷议和政策的不满，更有对朝廷不能知人善任的讽刺，升华了诗歌的主题，使全诗显得回肠荡气。就此诗的句法上看，多用虚字，多用散文句式，初步显示了宋诗"以文为诗"及重议论的特点。

病　牛

李　纲

耕犁千亩实千箱，
力尽筋疲谁复伤？
但得众生皆得饱，
不辞羸病卧残阳。

李纲（1083—1140），字伯纪，号梁溪先生。两宋之际著名的民族英雄。在靖康年间，屡次击退金军的进犯。南宋初被任命为宰相，使得抗金形势一度好转。后因奸臣迫害而罢相。李纲的诗歌中时常涌现出为国献身的热情。著有《梁溪先生文集》《梁溪词》等。

全诗大意：这头病中的老牛曾经耕种千亩土地，收获的粮食足以盛满千个箱子。如今它已经老迈，筋疲力尽，又有谁可怜呢。老牛的心愿是，只要天下苍生都能吃饱，它就是在斜阳下孤独地病卧在地，也是在所不惜。

这首诗是咏物诗，更是言志诗。诗人以一头病牛作比，将其为国为民的一片忠心尽数道出。可谓譬喻贴切，而又立意高远。第一句集中写病牛当年为人类立下的功劳，确是劳苦功高。其中"千亩"与"千箱"皆不是实指，而是极言病牛当年的功劳之大，也唯有如此映衬，才能反映出其暮年的可悲。第二句由陈述转向诘问，充分展现出病牛不为人同情的悲惨处境。三、四句笔锋陡然一转，语意由低沉再次趋向高亢，表示要为天下苍生的福利而奋斗到底，并不在乎一己的祸福。察其语气，这似乎是病牛在直抒心声，而不是由旁观者道出。这正是处于贬谪时期的李纲心境的真实写照，李纲曾为国家树立功勋，此时被闲置，却还始终抱着忠君爱民的热忱，随时准备为国效力，并不在乎自己的荣辱。

兵乱后杂诗（其一）

吕本中

晚逢戎马际，处处聚兵时。
后死翻为累，偷生未有期。
积忧全少睡，经劫抱长饥。
欲逐范仔辈，同盟起义师。

吕本中（1084—1145），字居仁，世称东莱先生，寿州（今安徽凤台）人。两宋之际著名诗人。有《东莱先生诗集》。吕本中的诗歌多能直面描写内心，在战乱频发的两宋之际，写出过不少鼓荡人心的好诗。靖康二年（1127），金军将汴京洗劫一空后，带着俘虏的人员财物回到东北。吕本中在金军退后，回到汴京，目睹沧桑之变，不胜唏嘘，写下《兵乱后杂诗》，共五首，这里选的是第一首。

　　全诗大意：如今处处都是乱兵横行，没想到我人到晚年，却遇到了战乱。没有早死，反而成为拖累，要苟且偷生，也没有那么容易。忧愁满怀，很难入眠；屡次劫难后，再难有吃饱饭的时候。我们要追随范仔等人，同起义军，再造一个朗朗乾坤。

　　全诗细腻地写出了诗人在兵荒马乱之际的感受，很能反映当时一般民众的心声。前两句虽然平平叙出，却语意沉痛，道尽九死一生的滋味。三、四句是对这种心境的具体描述，期盼死而不死，更见其悲哀；想活下去，也非常不容易。这里化用自杜甫的"存者且偷生"，并使用了"加一倍写法"，更见其沉痛。这种生死两难的处境，是普通百姓生活的真实写照。五、六句提到的粮食短缺，是当时的实情。据《三朝北盟会编》记载，金军围城期间，"城中食物贵倍，平时穷民，无所得食，冻饿死者藉于道路"。正因前六句提到的苦难，生活在痛苦之中的人民再也无法忍耐，诗人在最后发出了同起义军的呼喊。至此，全诗前六句皆是铺垫，写百姓的痛苦，堪比诗史；后两句水到渠成，吹响起义的号角。全诗语言易懂，感情深沉，是那个时代乱离中百姓心境的真实表现。

伤　春

陈与义

庙堂无计可平戎，坐使甘泉照夕烽。
初怪上都闻战马，岂知穷海看飞龙。
孤臣霜发三千丈，每岁烟花一万重。
稍喜长沙向延阁，疲兵敢犯犬羊锋。

陈与义（1090—1138），字去非，号简斋，南宋初年著名的爱国诗人。陈与义的诗风模仿杜甫，又能保持自己的特点。笔意疏朗而清空，语意沉着而真切，有《简斋集》传世。

全诗大意：朝廷没有办法打退异族的进攻，烽火已经蔓延到皇宫。一开始我很奇怪在首都怎么就见到了敌人的战马，怎么也料不到皇帝竟然向海上逃窜。因忧劳国事，头发已经发白，年年尚见烟花盛放，怎么能不触景伤怀。幸喜长沙还有个向太守，敢以疲弱之师抵抗胡人的锋芒。

此诗虽名为伤春，实为伤国家局势的败坏。开篇第一句即道出了问题的症结，即国家落到如此田地的原因在于朝廷无能。第二句的"甘泉"是汉朝的行宫，《史记·匈奴传》曾记载"烽火通于甘泉、长安数月"。这里以汉喻宋，愤怒地批判了南宋朝廷的软弱无能与误国政策。三、四句直接道出"无策"的后果，从此兵连祸结，其中第四句尤为辛辣。古人注释《周易》"飞龙在天"为"圣人之在位"。这里喻指宋高宗，无情地嘲讽其一路遁逃到海上的丑态。前四句是在讨论伤春的缘由，接着写当前的心境。五、六句仿用杜甫同名《伤春》的"关塞三千里，烟花一万重"。虽模仿痕迹很严重，但在这里化用却很贴切，将自己为国家的忧虑与主和派的贪图享乐放在一起构成鲜明的对比，使其伤春之情更为浓烈。最后两句为这个惨淡的现状添上了一个光明的尾巴，是对敢于作战将士的褒扬，表明其对国家还有信心。其句法也化用杜甫《诸将》"稍喜临边王相国，肯销金甲事春农"。故纪昀评价曰"此诗真有杜意"。

送紫岩张先生北伐

岳 飞

号令风霆迅，天声动北陬。
长驱渡河洛，直捣向燕幽。
马蹀阏氏血，旗枭可汗头。
归来报明主，恢复旧神州。

岳飞（1103—1142），字鹏举，河南汤阴人。南宋初年著名抗金统帅。岳飞虽戎马倥偬，但诗词也极佳，其中寄寓着其抗金的壮志，堪称南宋初年主战派的最强音。诗题中的"紫岩"是抗金名将张浚的号，此诗借对张浚的期许，也表达了自己光复神州的志向。

全诗大意：大军的号令如雷霆般迅疾，声威将一直抵达到那最遥远的北方。愿长驱直入，渡过黄河与洛水，再直捣金人的老巢幽燕之地，并将其王公贵族全部一网打尽。然后回来向英明的皇帝报告：我们已收复了神州沦陷的全部山河。

此诗刚健粗放，甚至略有粗犷质实的味道，但有一股真气与浩气运用于其中，最能体现岳飞的战略思想与爱国豪情，是岳飞诗歌的代表作之一。全诗开篇两句如劈空而来，直接进入主题，对张浚大军抱以热烈的期待。颔联是对战果的设想，不仅要跨过河洛等北宋旧地，还要扫穴犁庭，直抵幽燕这块早已被割让的汉人故土，这才是岳飞"还我河山"的真实意图吧。颈联展示了对发动战争的女真贵族的极端痛恨，阏氏本指匈奴王后，可汗是突厥首领的专有名词，这里都指金朝统治者。使用"喋血""枭头"这样极有感情色彩的词语，表示要将其全部肉体消灭。这可与其"壮志饥餐胡虏肉，笑谈渴饮匈奴血"对比，也能看出岳飞要惩罚的只是上层贵族，还不是普通的女真百姓。最后两句想象胜利后的场景，"归来报明主"出自《木兰辞》"归来见天子"，这只是表象，岳飞真正要表达的是"恢复旧神州"的喜悦，在简洁的词语中透露对胜利的无限向往，也可见"还我河山"是其一生的追求。

金错刀行

陆 游

黄金错刀白玉装，夜穿窗扉出光芒。
丈夫五十功未立，提刀独立顾八荒。
京华结交尽奇士，意气相期共生死。
千年史册耻无名，一片丹心报天子。
尔来从军天汉滨，南山晓雪玉嶙峋。
呜呼！楚虽三户能亡秦，岂有堂堂中国空无人！

陆游（1125—1210），字务观，号放翁，浙江绍兴人。南宋著名诗人。有《剑南诗稿》等传世。陆游终身主张抗金，呼唤北伐、收复失地一直是其诗歌的主旋律。故梁启超称其为"亘古男儿一放翁"。此诗写于宋孝宗乾道八年（1172），陆游应四川宣抚使王炎的邀请，至汉中担任职务。当时汉中正是抗金前线，陆游不由得心情激越。

全诗大意：那用黄金与白玉装饰起来的宝刀，一到晚上就绽放出直冲云霄的光芒。大丈夫年近五十，建功立业的希望还是比较渺茫，只能提刀四顾，心绪茫茫。我在京城结交了一批奇士，确定了同生共死的情谊，秉持一颗丹心报效国家，最怕千年后的史书上没有我的名字。近来我在汉水滨投入行伍，看那终南山的雪色分外耀眼。啊！想当年，楚国虽然只剩三户，最终还是消灭了强大的秦朝，如今，我堂堂中华难道无人可用了吗？

此诗开篇从写刀入手，宝刀装饰精美，夜夜有光芒直射牛斗，实际上是诗人以刀自拟，是对本人才华的自信。接下来就面临着一个尴尬的事实，如此宝刀，如此才情，没有用武之地，只得提刀四顾，无所作为。前后形成极为鲜明的对比。下面四句正面写诗人的自我期许。其在京城结识一批志同道合之士，就是为了能一起建功立业，这也说明其"德不孤，必有邻"，南宋尚有无数仁人志士渴盼一举北伐，荡平中原。"千年史册"句尤为胸襟袒露，直现大丈夫的豪迈气概。随之转向写景，写出终南山的壮美。其实山色的描写，也是诗人凌云壮志的呈现。全诗的结尾发出了高昂的呐喊，表现出强烈的民族自信与爱国热情。全诗多议论，却未流于叫嚣；多直抒胸臆，却不令人生厌。诗人的情绪在全诗中随着韵脚的改变而不停流动，如金石之音，读起来抑扬顿挫，颇有情韵。

长 歌 行

陆　游

人生不作安期生，醉入东海骑长鲸。
犹当出作李西平，手枭逆贼清旧京。
金印煌煌未入手，白发种种来无情。
成都古寺卧秋晚，落日偏傍僧窗明。
岂其马上破贼手，哦诗长作寒螀鸣？
兴来买尽市桥酒，大车磊落堆长瓶。
哀丝豪竹助剧饮，如钜野受黄河倾。
平时一滴不入口，意气顿使千人惊。
国雠未报壮士老，匣中宝剑夜有声。
何当凯还宴将士，三更雪压飞狐城。

陆游是南宋著名的爱国志士，兴之所至，便挥笔写就一篇篇慷慨激昂的诗歌，但这绝不意味着其诗歌不考虑章法字句等方面的诗艺安排。相反，陆游毕生都注重对诗歌艺术的探求，转益多师，取法古人。李白就是其用心效法的大家之一，这首诗歌在许多方面都受到了李白的影响。

　　全诗大意：人生在世，不应学那传说中的仙人安期生，醉酒逍遥而度日；必须学习那唐代西平王李晟，亲手消灭逆贼，光复京城。可惜我还没有担当大任，就已经满头白发，只能闲居在成都的古寺中，愁看那落日西沉。难道我这样志在杀敌的人，就只配做一个凄凄惨惨的诗人吗？豪兴来时，就买尽街上的酒，大口饮尽，满座皆惊。唉！还没有为国复仇，就已经老去，那匣中宝剑都在夜夜哀鸣。什么时候才能够在大雪纷飞的边关大宴凯旋三军，尽兴而还啊！

　　全诗起首四句，劈空而来，意境豪迈，直抒襟怀。无论是章法设置还是句式安排，都有明显的仿效李白《将进酒》与《宣州谢朓楼饯别校书叔云》开篇四句的痕迹，奠定了全诗的感情基调。这里使用安期生与唐代李晟的典故，都是极为妥帖切当，充分展示出其志在国家的胸怀。接着，气势陡然一变，由豪言变为哀鸣。从"金印煌煌未入手"句起，情绪已开始低落，直至"落日偏傍僧窗明"，已经把此前如波涛奔腾的情感压至最低潮。光阴逝去、时不我待的紧迫感，借着一个落日、古寺、破窗的荒凉意境展现得极为恰当。但是，陆游在这"抑"之后，又开始将句意"扬"起来，借用一个反问句"岂其马上破贼手，哦诗长作寒螀鸣"，复起一个大波浪。接下来，再通过对豪饮的描写，表示其有一往无前的豪气，足堪为国所用。实际上，李白的酒诗也大多包括着抒发壮志的诉求。值得注意的是，陆游在这里还提到其"平时一滴不入口"，表明其并不是贪杯之人，只是有壮怀需要借酒排遣。这几句中，酣畅淋漓中又有无限波澜转折，显现出很高的艺术功力。结句的气魄又更为阔大，以大雪之夜，大军凯旋痛饮收尾，复与开首的豪放宣言相对应，别有匠心。

关 山 月

陆 游

和戎诏下十五年，将军不战空临边。
朱门沉沉按歌舞，厩马肥死弓断弦。
戍楼刁斗催落月，三十从军今白发。
笛里谁知壮士心，沙头空照征人骨。
中原干戈古亦闻，岂有逆胡传子孙！
遗民忍死望恢复，几处今宵垂泪痕。

《关山月》本为乐府旧题，其抒发的传统题材是"伤别离"。陆游此处以其为题，将传统的征人思妇的别离之怨推衍到沦陷区的人民与祖国分离的怨恨，极大地扩展了其内涵。

全诗大意：与金人议和已经过了十五年，将军们空到边关，却不闻任何战伐之举，只顾听曲观舞，日复一日，任凭那良马肥死，良弓断弦。那月下吹笛的守边壮士从三十岁从军，今日已经满头白发，谁人能懂其笛中的壮士心，只有那月光照着战死的尸骨。我很早就听说过中原战乱之事，却从没有听过胡人能在中原将王位传诸子孙。那北方的遗民们忍死都盼着恢复，今晚必定又要泪水涟涟。

此诗十二句共分三段，每四句一段，每一段集中描写一种人物类型。前后错落有致，而又统摄于作者渴盼恢复的心愿中，真是别有匠心。前四句讽刺那不战的上层阶级，句句皆含沉痛。"十五年"，责备其迁延日久，不图进取；而第二句"空"字的讽刺力量真是力透纸背，讽刺其尸位素餐，不足以为大宋的将军。三、四句通过歌舞升平与肥马断弦的对比，将那些颟顸无能将军的丑恶嘴脸暴露无遗。第二段深刻地呈现出守边士兵的无奈。白发壮士面对朝廷的"和戎诏"无能为力，只能听着刁斗落月送走最宝贵的年华。这里揭示出人生最残酷的真相。更令人触目惊心的是"壮士心"无人理会，而沙头的白骨亦无人清理。无论是对于生者，还是死者，南宋朝廷都没有负起责任。诗笔至此，诗人的谴责力度已极为深刻，但在最后一段又将其进一步加深。在最后四句中，诗人痛感敌人长期盘踞中原的不正常，悬想北方遗民盼望恢复的苦心，寄寓着极大的不平。全诗虽分为四段，但每一段都紧扣"月"字，每一段场景的呈现又是开篇"和戎诏"所带来的结果。由此，此诗主旨可以确定为对南宋求和政策的痛切控诉。

五月十一日夜且半梦从大驾亲征尽复汉唐故地

陆 游

　　五月十一日夜且半，梦从大驾亲征，尽复汉唐故地，见城邑人物繁丽，云：西凉府也。喜甚，马上作长句，未终篇而觉，乃足成之。

天宝胡兵陷两京，北庭安西无汉营。
五百年间置不问，圣主下诏初亲征。
熊罴百万从銮驾，故地不劳传檄下。
筑城绝塞进新图，排仗行宫宣大赦。
冈峦极目汉山川，文书初用淳熙年。
驾前六军错锦绣，秋风鼓角声满天。
苜蓿峰前尽亭障，平安火在交河上。
凉州女儿满高楼，梳头已学京都样。

178

梦是中国古典诗词中的常见话题。平常人写梦，多写亲情、男女绮情、朋辈交谊及功名之心等，陆游却非常特殊，其诗中的梦，多是写其收复失地的强烈愿望。这首诗即是典型的代表。梦为心声，陆游的爱国激情鼓荡心中，不分昼夜，于此可见一斑。

全诗大意：自从安史之乱以来，汉族军队就没有再次驻扎过天山南北。到现在已经五百年了，英明的天子下诏亲率百万精兵征讨这遥远的汉唐故地，过程极为顺利，不劳战斗，一路传檄而下。在这新收复的土地上修筑城池，建设行宫，大赦天下，一派祥和气氛。大军军容整齐，鼓角满天。天山南北开始安享太平，你看那凉州城头的女孩子们的发髻，都开始学起了京城的样子。

此诗作于南宋孝宗淳熙七年（1180），故诗中写道"文书初用淳熙年"，表示天下一统。当时陆游正在江西抚州担任闲职，但还心念国家的恢复之事。其理想不仅是要恢复北宋故土，而且还要收复汉唐旧疆。故诗歌一开始就谈到了天山南北已经沦亡胡人之手五百年的沉痛现实，以此来反衬宋朝若能收复此地的意义。随后即写皇帝御驾亲征的赫赫气势，渲染出大宋威武仁义之师的气象。写宋朝收复失地后的各项举措之大得人心，极有感染力。语句如贯珠，一泻而下，仿佛能将读者带入那个军容壮盛的场景。在呈现大场景的同时，诗人还尤其善于从细节中体现幻想中的大时代。如从文书的年号、凉州女儿的发型等展现大宋的盛威所播之广，边疆人民对宋王朝的衷心向慕。此诗纯用"赋"法，平铺直叙地记录了一场酣畅淋漓的美梦，没有使用任何精巧的句法，却能具有极强的感召力。究其根源，是陆游强烈的爱国心在其中鼓荡。这也充分说明"情者，文之至"的道理。

夜泊水村

陆 游

腰间羽箭久凋零，太息燕然未勒铭。
老子犹堪绝大漠，诸君何至泣新亭。
一身报国有万死，双鬓向人无再青。
记取江湖泊船处，卧闻新雁落寒汀。

南宋孝宗淳熙八年（1181），陆游被罢官，返回山阴老家，开始了漫长的闲居生涯，但其壮志豪情并未因此而消磨。诗题作"夜泊水村"，显然是触景生情之作，借眼前之景，写一生中的心事。在这其中，写景尤少，近乎全篇抒情，而又没有流于空泛化，极有功力。

全诗大意：我那腰间的羽箭早已凋零，只能叹息那勒铭燕然的功业还没有完成。虽然年已老迈，但是还可以纵横大漠，那些衮衮诸公，为何就在那哭哭啼啼，不思进取。虽然有以身报国、万死不辞的心愿，但是已经老境侵逼，而今只能在此江湖上愁听那大雁之鸣。

此诗可明显分为两个部分。前四句为第一段，借古人事迹来抒发内心的悲愤。第一句中的"羽箭"就是武将的标准配置，杜甫《丹青引》有"猛将腰间大羽箭"，此处称其凋零，意味着早已没有作为武将的机会。接下来的"太息"也就顺理成章，窦宪当年大破北匈奴、勒铭燕然山的丰功伟绩看起来也不可能复现。但是此诗并未一味消沉，第三句又波澜顿生，直言还可以纵横大漠。但在这表面的豪情背后，复隐藏着些微的悲哀。"绝大漠"本来是汉武帝夸赞二十多岁的霍去病的话，陆游此处用这三字，有老骥伏枥的雄心，还有时不我待的遗憾。第四句又指责南宋君臣如东晋渡江初年之人那样只知在南京城外的新亭哀泣，而不图进取。后四句为第二段，无所依傍地写眼前的情景。第五句紧承前四句，进一步表明报国的热忱，但是隐藏着报国无门的悲愤，第六句的白发将这层意思表达得更为突出。尾联对应诗题，看似是写景，但通过对荒凉意象的铺陈，通过"闻"字的听觉与"寒"字触觉的书写，将内心的悲凉很透彻地渲染出来。全首诗呈现出的国仇未报、壮士空老的情感，极为动人，千载之下，犹令人动容泪下。

书　愤

陆　游

早岁那知世事艰，中原北望气如山。
楼船夜雪瓜洲渡，铁马秋风大散关。
塞上长城空自许，镜中衰鬓已先斑。
出师一表真名世，千载谁堪伯仲间。

此诗作于宋孝宗淳熙十三年（1186），当时陆游已闲居六年，回思往事，不禁感慨万端。理想与现实，少年与老境，都在这里交织，形成一首感人的爱国主义篇章。

全诗大意：早年的时候哪里知道世事艰难，北望中原失地，光复的气魄如山。大雪之夜，有瓜洲渡的大胜利；秋风原上，大散关上也有捷报传来。我将自己比作塞上长城，也真是徒劳；镜中的头发也早已斑白。诸葛亮的《出师表》真是传世名作，千年以后，又有谁能与他比肩呢？

此诗一开头即是追怀当年的心怀，直白地写出早年的雄心壮志，不使用任何雕饰，已勾勒出心雄万夫的气魄。三、四句是对前两句的注脚，作者截取南宋对金的两场大胜利渲染其豪情，同时解释早年为何能"中原北望气如山"。宋高宗末年曾在瓜洲渡、采石矶一带大破金主完颜亮的百万雄狮，吴璘等在大散关也屡败金军。东西两线的胜利也鼓舞着陆游继续建功立业的雄心。这里的"楼船""夜雪""瓜洲渡""铁马""秋风""大散关"，没有使用动词，纯粹是名词的并列，但已渲染出战争的紧张气氛与宋军的赫赫声威，也是对其心境的外在描写。后面四句回到残酷的现实。"塞上长城"本出自南宋名将檀道济之口，其冤死前斥责宋文帝说"乃坏汝万里长城"，这里也可以看出陆游早年是如何"气如山"，但一个"空"字又透露出对现实的无奈。镜中的衰鬓更是对"空"字的阐释，加重了哀婉的意味。最后则通过推崇《出师表》，借以指责当下无人再像诸葛亮那样能坚持"汉贼不两立，王业不偏安"的立场。诗人对往事的无限感怀，对现实的无限哀婉，对当朝主和君臣的无限责怨，都在诗中交织融合，构成感人肺腑的一曲悲歌。

十一月四日风雨大作（其二）

陆　游

僵卧孤村不自哀，
尚思为国戍轮台。
夜阑卧听风吹雨，
铁马冰河入梦来。

此诗作于宋光宗绍熙三年（1192），当时陆游已经六十八岁高龄，被闲置在家乡多年，尚心系国事，见风雨而思壮志。

全诗大意：我直挺挺地躺在孤僻荒凉的乡村，也并没有感到什么悲伤。因为我还有为国家戍边的愿望。夜深之时，在床上躺着，听着那风雨夹杂的声音，骑着铁马、跨越冰河的画面就会走进我的梦里。

这首诗同陆游所有的爱国诗歌一样，洋溢着高昂的爱国热情。所不同的是，这首诗中一直隐现着一位闲居力衰的老翁形象，使得这种热情呈现得更为难得而可贵。第一句中，"僵卧"意味着诗人年迈多病，一身酸痛；"孤村"更表示境遇之惨，已经远离当年建功立业的战场，此情此景应该足够悲哀的了，而作者笔锋一转，直言"不自哀"，构成一个巨大的转折。第二句给出了答案，原来作者虽"身在沧洲"，心还是在遥远的前线的。轮台，是西汉西域屯垦戍防之地，代指边疆。后两句紧承而下，对诗人这种"身在沧洲，心老天山"的尴尬处境，做了生动的摹画。既然因思不能成寐，身老不能赴边，那么就把这现实中的风雨声幻化为梦中的金戈铁马声，来自慰落寞的心境吧。这其中仿用黄庭坚《六月十七日昼寝》"马龁枯萁喧午枕，梦成风雨浪翻江"之笔法，而立意更高，意味更浓。壮志尚存的豪迈，于此呈现得淋漓尽致。而细加品味，这壮怀激烈中竟夹杂着些许的悲凉，这份悲壮之味，就构成了对南宋政坛主和派当道的有力控诉。

示 儿

陆 游

死去元知万事空，
但悲不见九州同。
王师北定中原日，
家祭无忘告乃翁。

宋宁宗嘉定二年（1210），陆游八十五岁，走完了艰难的一生。临终之际，面对着满堂儿孙，对人世还有着无限的眷恋。这不是家宅子孙等私事，而是国家分裂的悲剧依然尚存令其难以瞑目。这种对国家社稷发自肺腑的热爱，铸就了这首绝笔诗的特质。

全诗大意：我本来深知人死后万事皆空，唯一令我悲伤的就是没有看到山河统一。等到王师收复中原以后，在举行家祭的时候不要忘记将这个巨大的喜讯告诉你们已经死去的父亲。

全诗用语明白，通俗易懂，却句句沉痛，令人动容。首句将人生的大悲痛用平常语句缓缓道来，其中透着以平常心面对死亡的从容，而这种从容在全诗中实际上只为后文的悲愤起到反衬作用。第二句"但悲"二字如奇峰突起，堪称全诗之眼，沉痛地道出没有见到国家统一的巨大悲愤。第三句就将这种悲愤化为激昂，表明诗人虽然已知自己要离开这个世界，但是对国家还是抱以强烈的希望。最后一句情绪再度一转，道出了无奈，无奈于自己无法再睹这一盛事，故而殷殷期望于泉下有知，谆谆地留下了这句遗言。全诗语意曲折，用笔多变，将诗人临终时的从容、悲愤、无奈与期待勾勒得极为透彻，背后透露出强烈的爱国之情。清代诗论家贺贻孙就评价此诗"率意直书，悲壮沉痛，孤忠至性，可泣鬼神"。可惜的是，无能的南宋小朝廷，在诗人生前不能让其一展抱负，更不能告慰其泉下英灵，陆游死后不到六十年，南宋彻底沦亡于元朝之手。故遗民诗人林景熙沉痛地在《书陆放翁诗卷后》中写道："来孙却见九州同，家祭如何告乃翁！"对于陆游这样的爱国志士来说，身逢羸弱的南宋小朝廷，壮志一生都不能施展，无疑是巨大的悲剧，但其至死不渝的爱国热情却永远值得后人尊敬与学习。

州 桥

范成大

南望朱雀门，北望宣德楼，皆旧御路也。

州桥南北是天街，
父老年年等驾回。
忍泪失声询使者，
几时真有六军来？

范成大（1126—1193），字致能（一字至能），晚号石湖居士，谥号"文穆"，平江吴县（今江苏苏州）人。南宋著名诗人。有《范石湖集》等传世。宋乾道六年（1170），范成大奉命出使金国，将所闻所感写成日记，是为《揽辔录》，同时又作有七十二首绝句。这首诗是其路过北宋旧都汴京时所作。范成大在诗题下有注："南望朱雀门，北望宣德楼，皆旧御路也。"在其中寄寓着国土沦亡的无限哀痛。

全诗大意：州桥的南北是当日皇宫前的街道，旧都父老年年岁岁都在等着大宋皇帝重新驾临。这次看到南宋的使者，不禁忍着眼泪失声询问："什么时候宋朝的军队真的能来到此地？"

这首诗截取了旧都汴梁一个生动的画面来表现沦陷区人民渴望光复的迫切心情。用笔简省而生动如画，对人物、环境、语言的选取都极有匠心，具有强大的感染力。首句选取的场景极有讲究，以北宋皇城附近的景物入诗，极是凄怆，大有"雕栏玉砌应犹在"的物是人非之感。第二句直白地说出父老们盼着光复的心情，"年年"二字写尽了沦陷区遗民的渴盼与南宋君臣的苟且偷安。最后两句聚焦于父老们的询问，"忍泪"一词尤妙，父老们见到故国使者，许多屈辱都要释放，但在金人的统治区内却又不敢失态，令人凄怆欲绝。最后以问语入诗，明白如话地道出了父老们的心情。但是没有回答，这种别致的结尾，道尽了故国人民的渴盼与对不思进取的南宋朝廷的谴责。故清代诗论家潘德舆评价此诗为："沉痛不可多读。此则七绝至高之境，超大苏而配老杜矣。"

初入淮河（其一）

杨万里

船离洪泽岸头沙，
人到淮河意不佳。
何必桑乾方是远，
中流以北即天涯。

杨万里（1127—1206），字廷秀，号诚斋，江西吉水人。南宋著名诗人，与陆游、尤袤、范成大并称"南宋四大家"。其诗歌语言浅近，清新自然，被后世称为"诚斋体"。杨万里亦创作有大量的爱国诗歌。这首诗是其出使金国所作。当时淮河已是宋金双方的分界线，杨万里至此，不禁感慨万端。写了四首《初入淮河》，这里所选为第一首。

全诗大意：船离开了洪泽湖，进入淮河后便心情不佳。如今时势，何必说桑干河才是遥远的地方呢，要知道，淮河中流以北，对我辈来说，已经是天涯啊！

此诗前两句交代行程，总写心境。"不佳"一词，便奠定了全诗的主要基调，同时也为读者留下了悬念。后两句则明白地解释了诗人心绪为何不佳。诗人从人们对"远方""天涯"等词的心理感受入手，巧妙地表达了其写作意图。桑乾，在今河北北部与山西北部，历来是汉民族与北方游牧民族杂居之地，在唐诗中常用来指代遥远的边关。如李白的《战城南》中写到"去年战，桑干源"。雍陶的《渡桑乾河》中说"南客岂曾谙塞北，年年唯见雁飞回"。就连北宋的苏辙出使辽国时也说过"年年相送桑乾上，欲话白沟一惆怅"。而在这首诗中，诗人轻轻以"何必"一词，就将前人对于边关、远方的概念一笔抹煞，在后面轻轻地说出如今淮河以北就是天涯了。看似不满前人的说法，实际上是对南宋主和割地求和的强烈不满。全诗语言明白如话，却在这轻轻的叙述中寄寓着沉重的哀痛之感。

题临安邸

林　升

山外青山楼外楼，
西湖歌舞几时休。
暖风熏得游人醉，
直把杭州作汴州。

林升，南宋诗人，生卒年不详。关于此诗的写作背景，明代田汝成《西湖游览志馀》中说道："绍兴、淳熙间，颇称康裕。君相纵逸，耽乐湖山，无复新亭之泪。士人林升者，题一绝于旅邸云云。"可见诗人在其中寄寓了无限的痛惜之意。

　　全诗大意：无尽的青山上无尽的楼阁绵延，西湖上的歌舞也没有停歇之时。温煦的和风将游人们吹得昏昏欲醉，简直就把如今的杭州当作当年的汴州！

　　这首诗是典型的以乐景来写哀情，前三句是对临安风物的传神描绘，最后一句是对游人心态的总结。南宋定临安为"行在"后，贪于享乐，大肆在这块江南佳丽地修筑楼阁，如南宋遗民周密在《癸辛杂识》中描绘："青山四围，中涵绿水，金碧楼台相间，全似着色山水。独东偏无山，乃有鳞鳞万瓦，屋宇充满。此天生地设好处也。"对此"胜景"，诗人在诗中没有发表一句正面的评论，然而在写景中已经蕴藏了深沉的意蕴。第一句是诉诸视觉，抓住了临安城的整体特征，重峦叠嶂的绵延青山，山上更有那无尽的高楼，表面上看来，写出了大好河山的壮丽。第二句专写听觉，在临安城的青山高楼间，还有从那西湖传来的声声歌舞之声。一个"休"字，委婉地透露出对当政者沉溺于享乐的谴责。第三句写触觉，游人们在暖风之中自适其乐。其中"暖风"，既可指自然界的风光，也可表示社会上的淫靡风气。最后一句，堪称卒章显志，巧妙地将南宋当政君臣不愿收复失地的丑恶嘴脸暴露出来。全诗仅仅四句，却景中有情，情景交融，以美妙的西湖风光传神地写出诗人心中的无限愤恨，具有极强的表达力。

扬 子 江

文天祥

几日随风北海游，
回从扬子大江头。
臣心一片磁针石，
不指南方不肯休。

文天祥（1236—1283），字宋瑞，一字履善，号文山，吉州庐陵（今江西吉安）人。中国历史上有名的民族英雄。宋理宗宝祐四年曾中状元，南宋灭亡之际，临危受命，任枢密使，在东南诸省领导抗元斗争。后兵败被俘，面对敌人的招降，凛然不屈，后从容就义。文天祥的诗风在其人生的前后阶段有明显的不同，早期诗歌多是流连风物，平庸无奇；后期则悲壮沉痛，令人振奋。

全诗大意：前几天的小船被狂风吹去，要向北海方向漂流，好不容易才再渡回到了长江入海口。我的心情就像磁针石一样，不永远指向南方，誓不罢休。

此首诗由其逃出元营后的经历来抒发其至死不渝的爱国之心。前两句写其一路逃亡的路径，先是被狂风吹向北方，最后经过一番曲折，终于踏上了南去的路途。既是写实，也是写志。这里北海是元朝统治区域，不踏入北海，也就意味着绝不投效元朝。后二句是纯粹的抒情，明亮而炽烈。将其对国家的一片丹心比喻为天然永远指南的"磁针石"，新颖别致，而又饱含深情。文天祥对这个贴切的比喻也颇为自得，这一阶段其所写的诗歌也被结集后命名为《指南录》。整首诗语言明彻，通俗易懂，却透露出深沉的爱国热情。

过零丁洋

文天祥

辛苦遭逢起一经，干戈寥落四周星。
山河破碎风飘絮，身世浮沉雨打萍。
惶恐滩头说惶恐，零丁洋里叹零丁。
人生自古谁无死，留取丹心照汗青。

宋祥兴元年（1278），文天祥兵败被俘，过零丁洋时写下此诗。此诗明确地表明了文天祥坚贞不屈的节操。次年，当元军主帅张弘范要文天祥招降驻守崖山的南宋孤军时，文天祥再次书写此诗，以明志向。

全诗大意：当年我由科举入仕，备尝艰辛；四个年头的力挽狂澜，如今的反元义军已寥若晨星。国家形势危急万分，如风中柳絮般江海飘荡；我个人的命运也正如水中的浮萍。惶恐滩头的情景还依然让我惶恐，过零丁洋时也不由得深叹身世伶仃。从古至今，世人皆难逃一死，我定要将我的一片爱国丹心照耀在史书之上。

全诗开篇从诗人回首往事写起。第一句写其当年刻苦攻读，凭圣人经典踏入仕途，暗示其必将遵循圣贤之道处世的人生标准；第二句则是对四年征战生活的总结，如今大事已不可为，令人无限哀婉。这两句在理想与现实之间构成了强烈的反差，从此亦可看出诗人的无奈与不甘。颔联则分别从国家与个人两方面入手，用两个绝妙的比喻将现状表现得生动万分，而诗人与国家不可分割的紧密联系也得以呈现。颈联则是将过去与现实混杂在一起，惶恐滩头的惨败是过往，尚令诗人扼腕不息；零丁洋里的零丁是现实，更且触目惊心。两者交融，诗人四年来在血与泪中走过的心理过程也就毕现。特别是"惶恐滩"与"零丁洋"两个带有感情色彩的地名分别能对应诗人的心情，更增添了哀愁的意味。结尾两句的格调则陡然一变，从沉郁哀婉变为豪迈洒脱，在斩钉截铁的语句中透露出诗人宝贵的爱国主义情操。这已成为中华民族优秀传统道德不可或缺的一部分。

金陵驿（其一）

文天祥

草合离宫转夕晖，孤云飘泊复何依？
山河风景元无异，城郭人民半已非。
满地芦花和我老，旧家燕子傍谁飞？
从今别却江南路，化作啼鹃带血归。

宋祥兴元年（1278），文天祥被元朝押送大都，途经金陵时，面对满目荒凉的景象，触景生情，写下这首寄托着浓郁亡国之恨与忠贞之心的千古绝唱。

全诗大意：那昔日的行宫，已然被草色合围，沐浴着残阳的余晖。天上的孤云，四处漂泊，无有归处。山川的风景没有改易，而这城池中的百姓有大半已不是昔日模样。这满地的芦花和我一起老去，旧时的燕子又能飞到谁家的屋檐。从今以后，虽然永别了江南，也要化成带血的杜鹃，回来再看这大好河山。

这首诗洋溢着深沉之悲，最引人注目的特征是诗人已将自己与祖国的山川万物融为一体，去感受山河破碎的悲哀。在物我交融手法的映衬下，这种亡国的悲哀表现得更为感人。首句借写风景深刻地道出了自己目前的处境，荒草斜阳中的离宫隐喻着国家破灭的残酷现实，而无依的孤云正是诗人心态的真实写照，诗人与国家共命运的情结也于此尽显。此句仿杜甫"国破山河在，城春草木深"之意，黍离之悲，溢于纸上，而"元无异"与"半已非"的强烈对比，也将人民的深重灾难渲染得无比明显。五、六句则将芦花和燕子都拟人化，似乎它们也有这样的亡国哀痛。第五句道出自己在战乱中垂垂老矣的现实，第六句则隐隐说出战争残破之烈，刘禹锡《乌衣巷》中栖身于旧时王谢家的燕子此时也没有归处，说明南京人民的房屋已大半不存。最后两句在这个悲凉的环境中道出最炽热的心声，虽知一去不还，而灵魂还必将长留在故国。全诗风格悲壮而用语严整，感情炽烈而不流于泛滥，正是亡国之诗中的佳篇。

宋词篇

渔家傲·秋思

范仲淹

塞下秋来风景异，衡阳雁去无留意。四面边声连角起，千嶂里，长烟落日孤城闭。

浊酒一杯家万里，燕然未勒归无计。羌管悠悠霜满地，人不寐，将军白发征夫泪。

范仲淹（989—1052），字希文，江苏吴县人。北宋时期著名的政治家、文学家。曾主持"庆历新政"，又曾在西北前线抗击西夏的入侵。这首词即写于驻守西北边关时期。

全词大意：每到秋天，边塞的风光就不同往昔，大雁飞向衡阳毫无留意。在这万山丛中，只能听见那鼓角响起，一座孤城在落日中将城门紧闭。将士们离家万里，只能以浊酒消愁，战争没有胜利，终究没有回家的打算。尽管夜已深了，无论是白发将军还是含泪士兵，都无法入睡，听那羌管响起，看那白霜满地。

此词上片写景，下片写情，而又景中融情，情中见景，既画出边塞风光，又感人肺腑。上片写塞下风景，皆从"异"字着笔。首先词人选取大雁南飞这一秋季常见之景，特意说明其毫无留意，实则指边塞条件艰苦，连大雁都不愿久留，何况是人？而驻守边塞的士卒并没有随鸿雁南飞，接下来的三句皆是写士卒们驻守边疆的情景，这足以说明其坚守岗位的爱国情怀。"连角""孤城""千嶂""长烟"都是典型的边塞风物，在词人的笔下，都显得如此动人。此中情境，既有悲凉之意，又透着坚守边疆的自豪感。下片则围绕着"人不寐"三字展开，前两句是写不寐的原因，当然有思乡的愁苦，更多的是燕然未勒的期待。据《后汉书·窦宪传》记载，东汉大将军窦宪大破北匈奴，长途追击，"登燕然山去塞三千余里，刻石勒功"。所以"勒石燕然"就成了胜利的代名词。在这里，将士们尽管思乡，却因敌人没有消灭而驻留边塞，这一转折间，更能见其可贵的坚守。最后三句是词人对当前局势的思索，在一片冷霜羌笛间写尽士卒们的愁苦，这是坚毅中的愁苦，属人之常情。那么，究竟是什么造成如此境况？词人语意幽微，当是宋朝不正确的边防政策。总而言之，这首边塞词既表现出征夫的艰苦生活与爱国情怀，也暗寓对宋王朝重内轻外政策的不满。爱国激情与浓重乡思在这里交融，构成一幅真实感人的边塞图。

江城子·密州出猎

苏 轼

　　老夫聊发少年狂。左牵黄，右擎苍。锦帽貂裘，千骑卷平冈。为报倾城随太守，亲射虎，看孙郎。

　　酒酣胸胆尚开张。鬓微霜，又何妨！持节云中，何日遣冯唐？会挽雕弓如满月，西北望，射天狼。

宋神宗熙宁八年（1075），苏轼正任密州（今山东诸城）知州，公余之暇，出猎城外，作有此词。这首词是苏轼豪放词中较早的作品，苏轼对其不同于当时主流词风的风格也颇为满意，在与朋友的信中说道："近却颇作小词，虽无柳七郎风味，亦自是一家。呵呵，数日前，猎于郊外，所获颇多，作得一阕，令东州壮士抵掌顿足而歌之，吹笛击鼓以为节，颇壮观也。"

全词大意：我虽年已老大，今朝要聊且展现少年人的意气。我牵着狗，带着鹰，穿戴整齐，带领大队人马飞驰驶过平冈。既然全城人都来看我围猎，那么老夫就要展示孙权射虎的威风。酒兴正酣，心气愈加豪壮。虽然我头发已白，那又有什么关系。不知何日朝廷才能委我以边关重任，到那时，就看我大破西北强敌，一展大宋雄风吧。

此词以"狂"字总览全篇，上片写出猎之狂态，下片写报国之狂心，雄健泪落的狂气充盈全篇。上片以老来反衬"狂"心未老，以"牵""擎""卷""射"等动词勾勒出狂放劲健的出猎图，如天风海雨般袭来，令人目不暇接，仿佛亲临苏轼出猎的现场。下片则由出猎联想到出征报国，意态高昂，由西汉魏尚最终被皇帝任用来表达其报国的强烈期待，而"射天狼"这个动作既与出猎相关，更指的是西北边疆上的敌人，一语双关，堪称妙笔。

喜迁莺·真宗幸澶渊

李 纲

　　边城寒早。恣骄虏、远牧甘泉丰草。铁马嘶风，毡裘凌雪，坐使一方云扰。庙堂折冲无策，欲幸坤维江表。叱群议，赖寇公力挽，亲行天讨。

　　缥缈。銮辂动，霓旌龙旆，遥指澶渊道。日照金戈，云随黄伞，径渡大河清晓。六军万姓呼舞，箭发狄酋难保。虏情慑，誓书来，从此年年修好。

李纲（1083—1140），字伯纪，号梁溪先生，常州无锡人。两宋之际抗金名相，生平存词仅十五首，然皆以表现抗金爱国之情操为主，字里行间充溢着对祖国深沉的爱以及对时局的忧心。此词即是其间杰出的代表。

全词大意：北方边关的寒冬来得格外早，那时骄横的辽兵正要南下觊觎我中原沃土。披着铁甲的战马在寒风中嘶吼，胡骑在雪中纵横，我北国陷入一片纷扰。朝廷无计退敌，竟然要劝皇帝到江南避难。多亏寇相国力排众议，使皇上御驾亲征。

那是多么雄伟的气象啊。大军直抵澶渊，皇上的车驾迤逦上路，霓旌龙旗迎风飞舞。旭日照耀着禁军的金戈，彩云围绕着皇帝的黄伞。城中军民看到君王驾到，士气百倍，一箭射死敌将。敌人心怀恐惧，慌忙来书讲和。双方订立盟约，从此岁岁太平。

此词当作于宋钦宗靖康年间，借古鉴今，希望钦宗皇帝能不畏强敌，坚持抗金，再现百年前的盛举。全词通篇所写，皆为澶渊之盟缔结之经过。上片首句交代时间、地点与地方情势，辽军骄横傲慢的情态宛然纸上。接下来，继续写辽军声势浩大，其气势也正如今日的金兵。随后写当时北宋朝廷的应敌反应，词人毫不留情地揭露了主和派的怯懦，高度赞扬寇准的功绩，实则也是对当时主和、主逃之臣的怒斥。下片集中笔墨铺陈宋真宗御驾亲征时的军容威武，用语遒劲，铿锵有力，尤其"日照""云随"的使用，更显得皇帝亲征，是上合天意，再以军心民情为衬，以战果为证，充分说明坚持抵抗是唯一的出路。整首词读下来，酣畅淋漓，一气呵成，澎湃着浩荡的激情与堂堂正气。虽为咏史，却句句切合当时的局势，贴切地表现出词人对局势的态度。怀古之情与时局之思巧妙地融合在一起，洵为咏史诗之佳作。

相 见 欢

朱敦儒

金陵城上西楼，倚清秋。万里夕阳垂地，大江流。
中原乱，簪缨散，几时收？试倩悲风吹泪，过扬州。

朱敦儒（1081—1159），字希真，河南洛阳人。两宋之际著名词人，有词集《樵歌》传世。朱敦儒早年的词风以表现散淡的生活为主，词风俊逸；靖康之变后开始表达丧乱之感，风格趋于沉郁悲慨。

全词大意：在这清秋天气中，我登上南京城的西楼，眼前有无边的夕阳铺陈在地上，大江从地上流过。想那中原已乱，士大夫们都东零西散，如此局面何时是个了局？西风啊，快吹尽我的眼泪，将我送到对岸的扬州。

古代诗人登楼每多感慨，王粲、杜甫、许浑、李商隐等皆是，朱敦儒也不例外。此词上片写登楼时所见之景，无边秋色，无边斜阳，万里长江，一派萧瑟气氛。宋玉曾说"悲哉，秋之为气也，萧瑟兮，草木摇落而变衰"，此词便是对这秋气的具体演绎。而在这秋气中增添了更为伤感沉痛的气氛。因此，看似写景，实际上也是主观情绪的流露。如王国维说："以我观物，故物皆着我之色彩。"如此凋零的景色，不容朱敦儒不想起国破家亡之痛。于是下片自然写起其丧乱之感。"簪缨"本指官员的帽饰，"簪缨散"意味着繁华凋零。在国土沦丧、盛世已去的时刻，词人无奈地提出"几时收"的问题。但他也没有答案，只能祈求收尽泪水，到对岸的抗金前线扬州去，以求抗敌报国。最后"过扬州"三字，收束了全词的低沉情绪，彰显出深刻的爱国情怀。

酹 江 月

胡世将

秋夕兴元使院作，用东坡赤壁韵。

神州沉陆，问谁是、一范一韩人物。北望长安应不见，抛却关西半壁。塞马晨嘶，胡笳夕引，赢得头如雪。三秦往事，只数汉家三杰。

试看百二山河，奈君门万里，六师不发。阃外何人回首处，铁骑千群都灭。拜将台欹，怀贤阁杳，空指冲冠发。阑干拍遍，独对中天明月。

胡世将（1085—1142），字承公，常州晋陵（今江苏武进）人。两宋之际著名词人、政治家，官至川陕宣抚副使。长期在西北前线驻守，多次参与对金军的战斗，多次建立功勋。此词即以沉痛的心情指出朝廷在西北战局中举措失误，流露出对国土沦陷的深切悲痛。

全词大意：国土沦陷，当今谁是范仲淹、韩琦那样的人物。朝廷抛弃了关西的半壁江山，长安也落入敌手。终日只听得那战马嘶鸣，胡笳吹动，忧愁得满头白发。古往今来，在陕西能建功立业的，还数那汉初三杰。这一片锦绣江山，朝廷却不思发兵收复。当初富平一战，国家所用非人，导致大军全军覆没。如今再已难觅良将，空怀着满腔悲愤，只能在明月之下，拍遍栏杆，以遣忧愁。

此词以议论开篇，起笔雄肆。首句引用《世说新语》的典故，桓温曾说"遂使神州陆沉，百年丘墟，王夷甫诸人，不得不任其责"，这其中亦暗含着对误国君臣的痛责，奠定全诗基调。"北望"二句，意谓连长安这样的要地也已经丢失，失望之意溢于言表，语含讥讽，情极沉痛。"晨嘶"二句，写自己的日常生活，徒自投身军旅，却因为朝廷的议和政策，始终未能收复失地，只能空对满头白发，强烈的对比透露出沉重的无奈。最后"三秦"二句，宕开一笔，回顾历史。言下之意，长安等关西之地未尝不能收复，关键在于实行抗战政策和任用贤才。下片开头，又从历史的沉思转移到对时局的批评，批评锋芒直指屈辱求和的南宋最高统治集团，表现出一位前线将领的深谋远虑。在回忆起富平之战"铁骑千群都灭"，极度无奈而痛苦，感于朝廷所用非人，不禁怒发冲冠，联想到当年韩信等人的雄才伟略，挥笔写下"拜将台欹，怀贤阁杳"，情绪极其激愤。最后以高台明月下独自拍栏的动作收尾，留下无尽的幽怨。全词的情感在历史与现实间来回穿梭，融议论、叙事、抒情为一体，主题鲜明，情感充沛，又是抗金名将胡世将唯一一首传世之词，弥足珍贵。

满 江 红

岳 飞

　　怒发冲冠，凭栏处、潇潇雨歇。抬望眼，仰天长啸，壮怀激烈。三十功名尘与土，八千里路云和月。莫等闲，白了少年头，空悲切！

　　靖康耻，犹未雪。臣子恨，何时灭！驾长车，踏破贺兰山缺。壮志饥餐胡虏肉，笑谈渴饮匈奴血。待从头、收拾旧山河，朝天阙。

这首词是岳飞流传最广的词作，感情激荡，气势磅礴，充分显示出一代名将的风采。近代也有人疑此词非岳飞所作，但在没有过硬的证据之前，我们不应过分怀疑。

全词大意：潇潇骤雨刚刚下过，我怒发冲冠，登高倚栏。抬起头，看着远方的天空，不禁壮志满怀，仰天长啸。三十年来建立的功名不过如尘土般微不足道，尽管已南北征战走过八千里。大好男儿，应该抓紧时间为国家建功立业，不要等辜负好时光后再去悲啼。靖康之变的耻辱还没有洗雪，我们臣子的愤恨不知何时才能泯灭。我要统率大军，踏破敌营，痛饮敌人的血肉。我要重新收拾山河，到那时，才回头向国家报捷。

上片集中呈现了词人要为国效力的急切心情。"怒发冲冠"出自《史记·廉颇蔺相如列传》："相如因持璧却立，倚柱，怒发上冲冠。"表示怒不可遏，词人对金人的愤恨已到了极点。此时或出于宋金休战的间歇，此等情绪无从发泄，只好面对长天，无奈长啸。而"三十功名尘与土，八千里路云和月"句开始由悲慨转入沉思，词人反思平生，认为做了一些事情，远不足完成志向。这两句高远旷达，在词中也起到承上启下的作用。于是便有劝勉自己及时努力的话，这也写尽了千古志士的心声。下片则将对金军的切齿大恨、收复失地的殷切愿望与效忠祖国的赤诚之心融于一体，气魄沉雄，一气呵成，具有极强的感染力。其情辞激烈，既是战斗的誓言，又像进军的号角，充分体现出词人的英雄豪气与报仇雪耻的坚定决心，在当时与后世反对外来侵略的战争中都起到了极大的鼓舞作用。陈廷焯《白雨斋词话》就称赞道："何等气概！何等志向！千载下读之，凛凛有生气焉。"

满江红·登黄鹤楼有感

岳 飞

　　遥望中原，荒烟外，许多城郭。想当年、花遮柳护，凤楼龙阁。万岁山前珠翠绕，蓬壶殿里笙歌作。到而今，铁骑满郊畿，风尘恶。

　　兵安在？膏锋锷。民安在？填沟壑。叹江山如故，千村寥落。何日请缨提锐旅，一鞭直渡清河洛。却归来、再续汉阳游，骑黄鹤。

这首词写于南宋绍兴四年（1134），词人正准备出兵收复襄阳六郡，当时正驻节鄂州（今湖北武汉市）。登临黄鹤楼，北望中原，壮志满怀，写下了这样一首抒情感怀词。

全词大意：登楼远望中原，仿佛望见荒烟笼罩下的许多城郭。想当年，那里的城池花环柳绕，那里的楼阁雕龙砌凤。万岁山前，蓬壶殿里，一派歌舞升平的气象。如今，胡虏铁骑布满了京城内外，形势万般险恶。当年士兵在哪里？他们血染沙场。当年百姓在哪里？他们在战乱中丧生。当年的大好山河，如今已万户萧疏。何时能有杀敌报国的机会，率领精锐部队直抵故都，收尽故土，到那时，再重游黄鹤楼。

全词采用散文化写法，层次分明。从篇首到"蓬壶殿里笙歌作"为第一段。写在黄鹤楼之上遥望北方失地，引起对故国往昔"繁华"的回忆。"想当年"三字点目。"花遮柳护"四句极其简练地道出北宋汴京宫苑之风月繁荣。"珠翠绕""笙歌作"，极力写作了歌舞升平的壮观景象。"珠翠"，妇女佩戴的首饰，这里指代宫女。"珠翠绕"当然也是夸张说法。第二段由"到而今"起笔（回应"想当年"），直到下片"千村寥落"句止。写北方遍布铁蹄的占领区，生活在水深火热中的人们的惨痛情景。与上段歌舞升的景象强烈对比。"铁蹄满郊畿，风尘恶"二句，花柳楼阁、珠歌翠舞一扫而空，惊心动魄。过片处是两组自成问答，描绘国仇家恨之重，渲染词人报仇雪耻之急切。"叹江山如故，千村寥落"，这远非"风景不殊，正自有山河之异"的新亭悲泣，而言下正有王导"当共戮力王室，克复神州"之猛志。最后三句，作者乐观地想象胜利后的欢乐。"骑黄鹤"三字更兼顾现实，深扣题面，乐观必胜的精神与信念洋溢字里行间。

六州歌头

张孝祥

长淮望断，关塞莽然平。征尘暗，霜风劲，悄边声，黯销凝。追想当年事，殆天数，非人力。洙泗上，弦歌地，亦膻腥。隔水毡乡，落日牛羊下，区脱纵横。看名王宵猎，骑火一川明。笳鼓悲鸣，遣人惊。

念腰间箭，匣中剑，空埃蠹，竟何成。时易失，心徒壮，岁将零，渺神京。干羽方怀远，静烽燧，且休兵。冠盖使，纷驰骛，若为情。闻道中原遗老，常南望、羽葆霓旌。使行人到此，忠愤气填膺，有泪如倾。

张孝祥（1132—1170），字安国，号于湖居士，历阳乌江（今安徽和县）人。绍兴二十四年（1154）中状元，南宋时期著名的主战派人士。其词多写其高尚的志行与抗金报国的期盼，风格豪放，有《于湖词》传世。

全词大意：站在淮河岸边极目北望，对岸一片莽然的原野。战尘已息，霜风正劲，一派沉寂。我细想当年发生的巨变，恐怕是天数所致，并非人力。如今孔子的故乡，也被异族占领。就在河对岸，就可看到敌人的牛羊与据点，他们的首领还在那里纵横狩猎，真让人心惊。我身上的兵器，早已布满埃尘。年华渐渐老去，不知何日才能收复失地。一次次向异族求和，真让人觉得耻辱。听说中原遗老，还在翘首盼望我军北伐，想到此，怎不令人悲愤莫名！

此词气魄宏大，将半壁江山沦陷的痛苦、朝廷议和的耻辱与其企盼北伐的志向都在其中一一道来，历史的沉思与现实的感慨、国家的屈辱与个人的嗟叹、遗民的期盼与志士的愤恨，都在此里交融汇聚，可谓道尽南宋爱国志士的无望或热望的等待，道尽了南宋朝廷的懦弱无能，也集中彰显出张孝祥"扫开河洛之氛祲，荡洙泗之膻腥者，未尝一日而忘胸中"抱负。词人以《六州歌头》填词也显得颇有匠心，大量的三字句、四字句的使用，使得语意急促，构成紧张激越的音节，更能表现出词人渴求北伐的愤恨、急切之心。

秋波媚·七月十六日晚登高兴亭望长安南山

陆　游

　　秋到边城角声哀，烽火照高台。悲歌击筑，凭高酹酒，此兴悠哉。

　　多情谁似南山月，特地暮云开。灞桥烟柳，曲江池馆，应待人来。

陆游从军南郑期间，是其一生中心怀最为开敞的岁月。南郑与汉唐古都长安只隔一座终南山，陆游登高远望，收复失地的热望再一次涌上心头。

　　全词大意：秋天的边城，鼓角哀鸣，高台畔烽火闪烁。我辈于此高歌奏乐，纵酒望远，又是何等悠闲。南山头月亮也似格外多情，驱散乌云，特地与我辈相见。想山那边的灞桥、曲江边的树木与池馆，正在等着北伐的汉家军队吧。

　　此词从头到尾皆荡漾着乐观向上的爱国主义情绪。上片主要铺写抒情主人公的纵酒高歌形象。前两句写背景，秋天的边城是如此雄阔宏伟。画角与烽火，都是典型的边塞风物，最能激荡起陆游的壮志。一个"哀"字，更是勾勒出特殊的边关风光，而不应解释作悲哀。后三句先用简练的笔触写出四个动作，最后再加以总结，语意慷爽，令人呼快。下片则写景物，并赋予景物以人情。先写眼前乌云散尽，明月出现，推测出明月多情。再由明月多情，联想到在南山那边已经看不见的沦陷于敌手的古都风物，也是这般多情吧，也是在等待宋军的北伐吧。构思巧妙，而不露痕迹，令人拍案叫绝。这也是陆游当时对胜利前景的渴望，不便明言，而托之于草木，显得委婉而有深意。

汉宫春·初自南郑来成都作

陆　游

羽箭雕弓，忆呼鹰古垒，截虎平川。吹笳暮归野帐，雪压青毡。淋漓醉墨，看龙蛇飞落蛮笺。人误许、诗情将略，一时才气超然。

何事又作南来，看重阳药市，元夕灯山？花时万人乐处，欹帽垂鞭。闻歌感旧，尚时时流涕尊前。君记取、封侯事在，功名不信由天。

乾道八年（1172），陆游被改命为成都府路安抚司参议官，离开抗金前线南郑，到成都任职。这首词作于次年春季，抚今追昔，不胜感慨，无边的嗟叹存诸其间。

　　全词大意：忆往昔，在那故垒旁，平川上，我射虎猎鹰。晚上伴着胡笳声回到营中，正值大雪漫天。酒酣耳热之际，挥笔写下纵横的草书。旁人误以为我兼具文武才干。不知为什么我要南来到成都，这里也是热闹非凡，有重阳节的药市与元宵节的灯山，更有万人游览。可我听到歌曲，还不禁流涕，想起从前。请千万记住，建立功业，要由个人争取，我从不相信天意可以安排。

　　此词明显地采取了对比的手法，上片写南郑的从军生活，下片写成都的繁华及词人的感慨。以南郑的边塞风光对比成都的繁荣景象，以快乐的从军生涯来映照如今的落寞时光，以"诗情将略"来对比"流涕尊前"，词人的心怀也就在这一系列的对比之中展露无遗。词人的语言概括能力极强，不管是写边关，还是写城市，皆能在数句之间呈现出鲜明的画面感。针对南郑与成都的不同面貌，词人在上下片中分别运用了豪放与婉约两种写法，令人如身临其境。最后词人发出沉痛的呐喊，再次呈现出其慷慨的抱负、倔强的性格，与上片的雄浑景象遥相呼应。从内容上看，陆游的雄心一直都在澎湃起伏；从艺术上看，因为最后的结语，使得风格迥异的两片词融为一体，真是别具匠心。

夜游宫·记梦寄师伯浑

陆　游

　　雪晓清笳乱起。梦游处，不知何地。铁骑无声望似水。想关河，雁门西，青海际。

　　睡觉寒灯里。漏声断，月斜窗纸。自许封侯在万里。有谁知，鬓虽残，心未死。

陆游一生写了一百多首记梦诗词，其中有很大部分都是记录其梦见宋军收复失地，"尽复汉唐故地"的圆满场景。这首词同样记录其梦境，还觉得意犹未尽，更介绍给其友人师伯浑。师伯浑与陆游同为爱国志士，陆游曾在《师伯浑文集序》中这样称赞他："一见，知其天下伟人。"可见，这首诗传达的是所有壮志未酬的爱国志士的心声。

　　全诗大意：梦中不知到了何处，只听见那清笳声在雪天雪地中起，铁骑如水般静静涌去。这里大概是边关吧，可能就在雁门关的西边、青海湖的边际。后来，我在寒夜灯光里醒来，只听那更漏声断，月光透过窗纸射入。我曾经要在万里之外建功立业，博取封侯之位。有谁知道我如今虽然已老，但壮志还没凋残！

　　此词上片记梦境，下片写现实，两部分互有对应，呈现出在理想与现实巨大对比中的悲愤与不甘。上片还原了梦中的战地风光，非常真实地还原了梦境的模糊性。词人不知梦中到了何地，或是在雁门关，或是在青海湖，但这都不重要，重要的是这是建功立业之境。但见大雪纷飞，笳声呜咽，军容整齐，跃动着词人杀敌报国的一片丹心。下片极力勾勒现实与梦想的对比，漏声对笳声与铁骑无声，月光对雪景，斗室寒灯对西北边疆，在不露痕迹间表达出词人的强烈无奈。最后三句则直抒怀抱，将词人的不懈奋斗精神渲染到极点。

诉 衷 情

陆 游

当年万里觅封侯。匹马戍梁州。关河梦断何处，尘暗旧貂裘。

胡未灭，鬓先秋。泪空流。此生谁料，心在天山，身老沧洲。

陆游六十四岁罢官后，一直闲居在故乡山阴，但其无时无刻不惦记着北伐事业、不回想当年从军的理想。这首词写于陆游的晚年，充分表现了其壮心未已与报国无门的痛苦。

　　全词大意：当年为了建功立业，我只身到了南郑。如今这种立功边塞的梦想早已破灭，当年的征衣早已落满埃尘。胡人还没有消灭，我的头发已经斑白，只能留下几行泪水。当初怎么能预料到，我这辈子心在遥远的天山，最终却要终老在故园乡间。

　　开头两句以豪壮的心态回忆当年的从戎时光，梁州即为南郑的古称，此地是陆游一生中魂牵梦绕之地，而"匹马"一字更能显出其当年的英姿勃发。这里隐用了班超"立功异域，以取封侯，安能久事笔砚间乎"的话，可谓是陆游一生精神的写照。随后笔势一转，由遥远的过去回到了惨淡的现实，为证实理想梦碎，词人只用了"尘暗旧貂裘"这一出景象，就显得惊心动魄。下片开头的三句，局势极短，音调短促，将词人不得志的心怀勾勒得淋漓尽致，几乎没有回旋的余地，而一个"空"字更加深了其中的悲剧意味。最后再通过两个对比，将身与心、前线与故乡本应有的所属关系做了一次彻底的错位，词人的惆怅、无奈，莫过于此。这首词中荡漾着陆游无悔的报国热情，充溢着博大的阳刚之美，但因壮志难酬，又有一股低回婉转的叹息萦绕其间，构成了百折千回的悲剧之美。

水龙吟·登建康赏心亭

辛弃疾

楚天千里清秋，水随天去秋无际。遥岑远目，献愁供恨，玉簪螺髻。落日楼头，断鸿声里，江南游子。把吴钩看了，栏杆拍遍，无人会，登临意。

休说鲈鱼堪脍，尽西风，季鹰归未？求田问舍，怕应羞见，刘郎才气。可惜流年，忧愁风雨，树犹如此！倩何人唤取，红巾翠袖，揾英雄泪？

赏心亭是南京城外的名胜。据宋代的南京方志《景定建康志》记载："赏心亭在下水门上，下临秦淮，尽观赏之胜。"应为登临远眺的绝佳之地，当然对伤心人来说，也是容易翻起愁肠之处。辛弃疾至此，无限江山尽收眼中，满腔愤恨亦喷薄而出。

全词大意：纵目远眺，只见晴空万里，无边秋色，大江在辽阔的天穹下一去不还。那远方的群山，正如女子的玉簪与发髻，好像在诉说着离恨。在这黄昏的楼上，在零落的大雁的声声啼叫里，我这样的江南游子，只能再登上楼阁，把宝剑看了又看，将栏杆拍了又拍，没有人能知道我的苦衷。我怎能像张季鹰那样因为思念美食而回乡隐居，更不会如许汜那样去求田问舍让刘备嘲笑。可惜啊，时光已无情过去，带来的只是忧愁。哪里有红袖女郎，来擦擦我这满脸英雄泪！

这首词表达的是有志难伸的愤懑之意，却毫不见低沉衰飒之意。全词结构分明，上片由写景到抒情，下片纯粹言志，情绪渐趋浓烈。开篇就把读者引入无边的秋景，气象阔大，意境豪迈，绝不如寻常写景般凄凉低徊。接着将目光聚焦在远处的群山，在辛弃疾的笔下，这山虽然妖娆美丽，但只能为人增添愁绪。为什么？因为金陵城北不远的地方就是宋金对峙的前线，四郊多垒，当然愤恨难平。在美景中寓愁肠，更增添了情感的厚度。从"落日楼头"到"登临意"，是从写景到抒情的直接过渡，妥帖而自然，而急促的语句，呼应的是词人内心澎湃的难言激情。特别是看吴钩、拍栏杆这样的动作描写，将其壮心无处施展的悲愤，描绘得如在目前。下片首先用张翰、许汜的两个典故，豁露志向。这其间有两重意义：其一，表示自己决不能如这二人般不思国家安危而只顾个人享受；其二，这也意味着对当时朝中投降派的讽刺。词人登临远眺的情怀不止于此，尽管有此远大的志向，可一想到无情逝去的时间，便显得无奈而忧虑。至此，整首词的感情已铺现备至，很自然地引出结尾处满脸热泪的形象。前面有对国家命运的深切忧思，有壮心不已的雄心壮志，有对投降派的严重不满，有对时间流水的无奈感慨，词人的眼泪显得无比丰厚，无比动人。其有志难酬、抑郁悲愤的形象由此走进千古读者之心。

水调歌头·舟次扬州
和杨济翁周显先韵

辛弃疾

落日塞尘起，胡骑猎清秋。汉家组练十万，列舰耸高楼。谁道投鞭飞渡，忆昔鸣髇血污，风雨佛狸愁。季子正年少，匹马黑貂裘。

今老矣，搔白首，过扬州。倦游欲去江上，手种橘千头。二客东南名胜，万卷诗书事业，尝试与君谋。莫射南山虎，直觅富民侯。

辛弃疾是南宋著名的词人，以豪放词成名，被梁启超誉为"词中之龙"。其人更是文学史上少见的有胆略的军事将领。其二十二岁南归后，时刻心悬国家的统一大业，盼望着南宋北伐成功。在一年年的等待与失望中，辛弃疾依然不改其爱国之初衷。这首词就是对其一生爱国情怀的准确描摹。

全词大意：在那边关的落日下，有那尘沙扬起，胡人又一次在秋天犯我边境。我汉家有十万大军，更有那高耸入云的楼船。哪个敌酋敢叫嚣投鞭断流，试看那北魏太武帝最后不还落个血染响箭的下场，只剩下佛狸祠下的一片哀愁。回想当年的金戈铁马岁月，正如穿着貂裘的少年苏秦，游说君上，意气风发。现在的我已经老去了，搔着满头白发，落寞地走过扬州。就让我离开江上，去种橘隐休。你们都是东南名士，就让我们在一起谈谈读书的事吧。不要想去如李广般射虎，还不如直接发财致富！

全词最明显的特征就是新旧的强烈对比，在这其中充满着满腔悲愤与报国无门的自嘲。上片通过用典，展示出当年宋军摧毁金主完颜亮南侵的壮阔历史画面。金兵气焰嚣张，不可一世；宋军严阵以待，大破强敌，取得敌酋授首的辉煌战绩。最后以苏秦自比，展露在历史大潮中英姿飒爽的个人形象。下片由历史转向现实。由少年苏秦到今日白首的过渡极为突兀，表现出作者强烈的心理落差。虽然在其后故作旷达，表示要去归隐，要去谈诗论文，要去发财致富，实际上都难掩其作为爱国志士虚度年华的愤恨，同时也寄寓着对朝廷无意北伐的强烈嘲讽。

木兰花慢·席上送张仲固帅兴元

辛弃疾

汉中开汉业，问此地、是耶非。想剑指三秦，君王得意，一战东归。追亡事、今不见，但山川满目泪沾衣。落日胡尘未断，西风塞马空肥。

一编书是帝王师。小试去征西。更草草离筵，匆匆去路，愁满旌旗。君思我、回首处，正江涵秋影雁初飞。安得车轮四角，不堪带减腰围。

辛弃疾博览经史，胸列韬略，其渴盼国家统一的雄心，遇到合适机会便会喷涌而出。这首词写于其投闲置散时期，写给一位即将到边关任主帅的朋友，借着送别，交代出其爱国热肠。

全词大意：你要去的地方是汉中吧，那里就是汉高祖刘邦成就帝业的地方，是这样的吧？想他当年，由汉中出发，一战平定天下，是如何的得意啊。以前的战绩，今日已不可能再度重现，空看着旧日山川难过伤怀。如今敌人的骚扰不断，而我方还依然按兵不动，空看战马养肥！我们应该有为帝王师的志向。你这次西征，不过是小试牛刀。我这番送你，又是充满着离愁和别绪。你如果想我的时候，就回头看看那广阔的江天吧。此刻，我正愁绪满怀。

这首词的情感因张仲固要去任职的汉中而发，刘邦从汉中挥师平定天下的故事，在辛弃疾的心里引起无穷的回想。这里明写刘邦以汉中开帝业，实则寄寓着对南宋苟安一隅、无心复国的强烈愤慨。其中提到的"追亡事、今不见"等语，既有对朝廷偏安的讽刺，也有对于其不用人才的责难。而"胡尘未断""塞马空肥"，如此鲜明的对比，已有无数感慨寄寓其中。下片基本上以抒发离情别绪为主，与上片的风格有着明显的不同。而细加揣度，这一片愁绪背后，也蕴藏着辛弃疾报国无路的愤懑。正是因为才不见用，言不见听，再多说也无益，那就不妨让离别的感情来占据离别的筵席。这表面的儿女愁态之后，是辛弃疾无处安放的家国情怀。值得一提的是，辛弃疾作词喜欢用典，这首词也不例外，其中的"山川满目泪沾衣"与"江涵秋影雁初飞"都是前人成句，辛弃疾这里直接引用，能完全融于词中，足见其充沛的才气。如此布局用句，豪放词中也只有辛弃疾可以驾驭。

水龙吟·甲辰岁寿韩南涧尚书

辛弃疾

渡江天马南来，几人真是经纶手。长安父老，新亭风景，可怜依旧。夷甫诸人，神州沈陆，几曾回首。算平戎万里，功名本是，真儒事，君知否？

况有文章山斗。对桐阴、满庭清昼。当年堕地，而今试看，风云奔走。绿野风烟，平泉草木，东山歌酒。待他年，整顿乾坤事了，为先生寿。

此词写于孝宗淳熙十一年（1184），当时辛弃疾正罢居在江西带湖。时值韩元吉寿辰，辛弃疾便以词祝寿。虽曰祝寿词，但因韩元吉本人是主张抗金的重臣，并与辛弃疾交好，故此首词在祝寿之外着重渲染了爱国的激情。

全词大意：想当初随皇帝渡江南来的那些人，又有几人真的有兼济天下的本事？故都的百姓时时望着王师，故都的风景也还没有改变。可是像王衍那样的朝臣，面对神州沦陷，何曾有过恢复的念想？远征破敌，恢复江山，本来是真正儒家的功名事。你也同意吧？你是当年的文章泰斗，又有相国的功名与风流，如前朝宰相谢安、裴度、李德裕等人那样，享有大名，又能寄情杯酒。就等着我有朝一日，重整天下，再造河山，到那时，再隆重为你祝寿！

辛弃疾与韩元吉是抗金同道，二人皆是性情豁达之人，故这首词也能摆脱常套。虽是为韩元吉祝寿，呈现的主旨却是浓烈的报国之志；虽是因人而作，更重在表达自己的心声。全词开篇有力，凌空一问，既痛慨国家无人，言外之意也对韩元吉寄寓着高度期待。接着连用两个典故，指出南宋小朝廷偏安无能，置北方沦陷国土于不顾。语含激愤，却不过露。随后又将批判的矛头对准朝中诸人，将其比作清谈误国的王衍，又有多少感慨寄于其中。最后通过谈论"真儒事"，既是对韩元吉的期望，也表示出作者对国事的强烈关怀。下片一开头回到祝寿的本题，颂扬其家世，颂扬其文采，又用前代的贤相作比，就祝寿而言，已可谓极为恰当。这种赞颂不全是谀词，实际上更蕴藏着希望韩元吉能如前代名相般做成一番大事的期待。最后三句卒章显志，表示祝寿不是最终目的，二人共同勠力，恢复中原，才是最值得称道的伟业。

全词虽然以祝寿为题，以议论为主，且多次使用典故，但没有流于呆板乏味之弊病，更透露出壮志奋发的豪情。行文间，亦是"前后贯串，神来气来，而中有山重水复，柳暗花明之致"，全篇荡漾多姿，非辛派后学一味徒然叫嚣者可比。

永遇乐·京口北固亭怀古

辛弃疾

千古江山，英雄无觅，孙仲谋处。舞榭歌台，风流总被，雨打风吹去。斜阳草树，寻常巷陌，人道寄奴曾住。想当年，金戈铁马，气吞万里如虎。

元嘉草草，封狼居胥，赢得仓皇北顾。四十三年，望中犹记，烽火扬州路。可堪回首，佛狸祠下，一片神鸦社鼓。凭谁问，廉颇老矣，尚能饭否？

宋宁宗嘉泰、开禧年间，权相韩侂胄酝酿北伐。为了争取主战派的支持，起用闲置已久的辛弃疾等人。辛弃疾这时先后被任命为绍兴知府兼浙东安抚使、镇江知府等职。对于当时的北伐计划，辛弃疾当然是热心支持，甚至将其看作其一生中最后一次看到山河重光的机会；同时，当时朝中将相，皆才不堪用，难以承担起北伐的重任，辛弃疾对此难免忧心忡忡。在这番期盼与矛盾交织的心绪中，辛弃疾写下了这首千古名作。

全词大意：千年的时光已过，当年的江山依旧，可再也找不到孙仲谋的遗迹。当年的繁华，早已消逝在历史的烟尘中。这镇江城里，曾经住过一位叫作刘寄奴的英雄啊。遥想当年，他是何等英武，率大军北伐，如虎狼般扫除北方胡虏。可惜他的儿子宋文帝刘义隆啊，元嘉年间的北伐，又是何等草率，最后只沦落到望风而逃的地步。我南归已经四十三年了，还记得当年扬州的烽烟。正是在那一役，让敌酋授首。现在还有人过来问我这个廉颇样的老将，还堪一战吗？

三国、南北朝期间，镇江是南方政权抗击北方强权的前线。辛弃疾在山雨欲来的关头，登上京口北固亭，不禁有今古交错的恍惚感。对国家命运的忧思与对历史事件的反思，完美地融合在一起。词中出现的孙仲谋、刘寄奴、宋文帝、北魏太武帝、廉颇等人物，都隐喻着词人对现实的思考。全词以古意抒今情，将深沉的忧思放在辽阔的历史背景中加以考量，故显得全词风格浑厚悲凉，极有韵味。征引如此，全词虽用典较多，但每个典故都得到了天衣无缝般的表达，正是借着这些典故，辛弃疾的思想内蕴得到了最大化的表达。如此，全词读下来，非但没有任何窒碍感，反觉如行云流水，无比畅快。读者之心随着辛弃疾的雄心在词中碰撞、跳跃，去体味那悲凉之感、慷慨之意。杨慎在《词品》中说道："辛词当以京口北固亭怀古《永遇乐》为第一。"堪为确论。

南乡子·登京口北固亭有怀

辛弃疾

何处望神州？满眼风光北固楼。千古兴亡多少事？悠悠。不尽长江滚滚流。

年少万兜鍪，坐断东南战未休。天下英雄谁敌手？曹刘。生子当如孙仲谋。

这首词与《永遇乐·京口北固亭怀古》作于同一时期，同样展现出词人对北伐形势的深切忧心，而艺术手法的呈现却与上篇截然不同，另有匠心，令人回味无穷。

全词大意：在哪里可以看见北方沦陷的神州，去北固楼吧，在那里能看见无边的风光。时光悠悠，千年来发生多少兴亡大事，都随流水般消逝无踪。遥想当年，孙权年纪轻轻就统领数万大军，占据江南，对北方不停攻伐。天下英雄有谁能与他做对手，不过就是曹操、刘备而已。难怪曹操说："生子当如孙仲谋！"

如果说《永遇乐·京口北固亭怀古》的风格是沉郁悲凉，这首词则为明快豪俊。全词以三个自问自答结构全篇，问得兴致高扬，答得干脆利落。感情充沛，意蕴豪迈。第一问看似点出写作地点，却将现实风光与遥远的忧思联系起来，起笔自然不凡。第二问由第一问而起，面对着北固亭下的滚滚流水，词人想起历史上的沧桑往事，是非成败，概难捉摸，不禁发出无尽的感慨与叹息。其中"悠悠"二字尤见功力，江水悠悠，往事悠悠，既感时间之漫长，更突显词人感慨之无穷。如果说上片是借眼前景抒情，下片则是就历史往事兴慨。在悠悠的往事中，词人想到了当年的英雄人物孙仲谋。故下片从表面上看完全是歌颂孙仲谋的丰功伟绩，写其年少有为，论其抗敌敢战，赞其势分鼎足，叹其令对手折服。其实词人在对孙权的赞美背后深深地隐藏着对南宋朝廷的严重不满。且看曹操当年称赞孙权的原话："生子当如孙仲谋，刘景升儿子若豚犬耳。"辛弃疾明引前句，而实用后句，是借曹操之口来讽刺当朝君臣全都是刘表儿子那样如猪狗般的人物，含而不露，又令人回想无穷。

贺新郎·酬辛幼安再用韵见寄

陈 亮

离乱从头说。爱吾民、金缯不爱，蔓藤累葛。壮气尽消人脆好，冠盖阴山观雪。亏杀我、一星星发。涕出女吴成倒转，问鲁为齐弱何年月。丘也幸，由之瑟。

斩新换出旗麾别。把当时、一桩大义，拆开收合。据地一呼吾往矣，万里摇肢动骨。这话霸、又成痴绝。天地洪炉谁扇鞴，算於中、安得长坚铁。淝水破，关东裂。

陈亮（1143—1194），字同甫，号龙川，世称龙川先生，浙江永康人。宋光宗绍熙四年中状元，授建康军节度判官厅公事，未到任而卒。虽终身为布衣，然其多次上书言事、力主抗金的名声早已声动朝野，更与辛弃疾为志同道合的好友。这首词就回顾了两人畅谈天下局势的五味杂陈。

全词大意：如今这番乱离局面如果从头说起的话，可追溯到北宋皇帝们怜惜百姓性命，进而以金钱换和平之举。可结果呢，国内士气销尽，民风柔靡，不堪一战，徽钦二宗被掳去。只可怜我为国事忧心，头发渐白。现在我弱敌强，如此局面何日方可扭转。所幸天下还有我们这般执拗的人物，希望你能重整旗鼓，大破胡虏，恢复失地。这番话，也足够一个"痴"字。想天地运转不息，人生寿命有限。只希望还能看到如淝水大捷那样的局面，该是如何快意啊！

全词结构分明，上片追溯北宋往事，下片畅想未来的抗金复国，唯独没有写现实的情景，实则已在不写之中写尽国家现状的不忍卒说，道尽了志士的悲愤与无奈。开篇即回忆北宋屈辱的历史，实则是在探寻国势每况愈下的原因。在陈亮看来，一味求和而不敢一战，消弭了国人的尚武勇气。"爱吾民、金缯不爱"就是对宋仁宗宣称的"朕所爱者，土宇生民尔，斯物（即银缯）非所惜也"的陈述，其中充满着讽刺。"蔓藤累葛"的惨状已将苟且偷安的罪行勾勒尽致。词人犹恐没有达到效果，接下来更是直击宋朝君臣最深层的伤痛，即一贯主和的皇帝最后竟落得沦为俘虏，同时也反面说明了抗战的正当性。不然的话，也只有一直反问为何宋金强弱如同齐鲁之别。上片的最后，化用《论语》"丘也幸，苟有过，人必知之"及"由之瑟奚为于丘之门"句来表达与辛弃疾两人当不惧人言，共同坚持北伐志向的雄心。下片则纯写设想中的救国行动，显得豪气干云，极力勾画出投身于抗金战场的兴奋之情。尽管中间有"又成痴绝"的怀疑，可最终还期待着谢安大破胡骑的辉煌战绩。这是陈亮坚持一生的梦想，也是其与辛弃疾共同的爱国情怀。

水调歌头·送章德茂大卿使虏

陈　亮

　　不见南师久，谩说北群空。当场只手，毕竟还我万夫雄。自笑堂堂汉使，得似洋洋河水，依旧只流东。且复穹庐拜，曾向藁街逢。

　　尧之都，舜之壤，禹之封。于中应有，一个半个耻臣戎。万里腥膻如许，千古英灵安在，磅礴几时通。胡运何须问，赫日自当中。

自宋高宗与金国达成绍兴和议后，宋朝的使者年年奔赴金国，卑辞厚币，以求得一枕和平。作为爱国志士的陈亮，对如此屈辱的有损国格的行为，素来愤愤不平。宋孝宗淳熙十二年（1185），章森（字德茂）以大理少卿试户部尚书衔的身份出使金国，庆贺金世宗的生辰。陈亮为其送行，不胜愤慨，写下这首无比悲愤的送别词。

全词大意：北方金国已经好久没见到南方北伐的军队了，就胡说什么人才已经全在金国了。希望你这次前去能够力挽狂澜，以一敌万。可笑那些堂堂大汉的使节，竟然如流水一般到金国朝拜。且去见他最后一次吧，下次再见，便是他身首异处之时。中国沦陷的土地中，应该还有一两个不甘于屈辱的志士。国土沦陷于敌手多年，我们先烈的精神何在，我们民族的正义又何时能够伸张？金人的气数何须多说，我们大宋的国势正如日中天。

全词以议论为主，充满着对金人的愤恨与鄙意。开篇即嘲讽金人狂妄自大。"北群空"语出韩愈《送温处士赴河阳军序》"伯乐一过冀北之野而马群遂空"，表示人才已被尽数网罗。陈亮对此显然是极为不屑的，便有了下面的鼓励章德茂显示出大汉威严，其在《与章德茂侍郎》信中也说："主上有北向争天下之志，而群臣不足以望清光。使此恨磊磈而未释，庸非天下士之耻乎？世之知此耻者少矣。愿侍郎为君父自厚，为四海自振！"陈亮此词因送章德茂贺金主生日而作，语意间充斥着无比的愤恨，如称金人为"虏"，称其宫殿为"穹庐"，更意欲将金主枭首示众。"藁街"即西汉时长安城中外国使臣居住的地方，当陈汤将匈奴郅支单于斩首后奏请"悬头藁街"，"以示万里明犯强汉者，虽远必诛"。此典传神地展现出陈亮胸中澎湃的爱国激情。下片则纵横议论，畅想宋兴金亡的结局，音韵铿锵，气势豪迈，以连珠式的句式开篇，以阔大的比喻结束，壮志昂扬。实际上这段话陈亮在《上孝宗皇帝第一书》中有着更为具体的表达，可供参读。"南师之不出，于今几年矣！河洛腥膻，而天地之正气抑郁而不得泄，岂以堂堂中国，而五十年之间无一豪杰之能自奋哉？"全词虽以高昂的议论为主，与词体重含蓄的主流审美不符，但刚劲有力，气势不凡，其澎湃的激情足以感染千百年来的爱国者。

贺新郎·送陈真州子华

刘克庄

北望神州路。试平章、这场公事，怎生分付？记得太行山百万，曾入宗爷驾驭。今把作、握蛇骑虎。君去京东豪杰喜，想投戈、下拜真吾父。谈笑里，定齐鲁。

两河萧瑟惟狐兔。问当年、祖生去后，有人来否？多少新亭挥泪客，谁梦中原块土。算事业、须由人做。应笑书生心胆怯，向车中、闭置如新妇。空目送，塞鸿去。

刘克庄（1187—1269），字潜夫，号后村，福建莆田人。南宋末年著名的诗人、豪放派词人，作品以展现社会生活及民间疾苦为主，多以议论为主。著有《后村先生大全集》。此首词借送别之机将其理想抱负和盘托出。

全词大意：举目北望，不禁想起祖国分裂这场局势，要该如何完结？想当年，太行山的百万义军，都服从宗泽将军的号令。你这番北去，想必能重现当年的盛况吧。期待你能在谈笑间，收复北方失地。如今的北方，已然是一片萧瑟。近百年来，从未有大宋军队到过。现在还有多少能挂念着再复故土呢。自笑我，一介书生，就像新媳妇一样，胆怯懦弱。建功立业的大业，希望由你来完成。

陈子华当时赴宋金前线任职，刘克庄对其充满期待。此词上片谈保家卫国之策，下片则是勉励之语。一以理，一以情，弥足动人。全词以疑问开篇，气势突兀，更易引起陈子华的兴趣。当然，这是自问自答。词人的答案是，宗泽当年团结义军的举措可为榜样。为了证明这样政策的合理性，词人又搬出握蛇骑虎的典故，此语出自《魏书·彭城王传》"彦和握蛇骑虎，不觉艰难"，表示情势万分艰难，不容不实行此举。接着热忱地期待陈子华能效法宗泽之举，延揽豪杰，共成大业，抒发出其收复河山的热切愿望，写得酣畅乐观。下片首先就铺陈故土的荒凉萧瑟，"狐兔"指代胡人，是当时的习惯性蔑称。词人感慨自祖逖慷慨收复中原后，再没有这样的人物。这也是对陈子华的激励，希望其能重现祖逖的事业。接着又从只知啼哭的新亭诸人来与祖逖做对比，更显得北伐事业的重要性。随后又以自己作为反衬，以书生的自嘲来勉励勇士的奋发。车中新妇语出《梁书·曹景宗传》："今来扬州作贵人，动转不得，路行开车幔，小人辄言不可。闭置车中，如三日新妇。遭此邑邑，使人无气。"既在自嘲书生无用，也暗喻陈子华可做出曹景宗的光辉业绩。最后以目送归鸿结局，显得别有余味。此词意在勉励，以议论为主，又不平铺直叙，通过正反对比，前后比照，使词气在慷慨激昂中又有纤徐之韵味。这便是豪放词的理想境界。

柳梢青·春感

刘辰翁

　　铁马蒙毡，银花洒泪，春入愁城。笛里番腔，街头戏鼓，不是歌声。

　　那堪独坐青灯。想故国，高台月明。辇下风光，山中岁月，海上心情。

刘辰翁（1233—1297），字会孟，号须溪，庐陵（今江西吉安）人。南宋末年著名词人。其词取法苏轼、辛弃疾而别成一体，风格豪放而复兼蕴藉。宋亡后隐居不仕，埋头著述，有《须溪先生全集》传世。

全词大意：城中到处都是披着毛毡的蒙古骑兵。那满街的灯花，也好像是洒开的眼泪，春天的这座城市总是充满着忧愁。街头飘来的笛声、鼓声，总是番邦之声，怎么能算得上是音乐呢？独坐灯下，总令人思绪难堪。想着当年明月夜高台上的故国，都城中的风景，令人意难平。我唯有隐居终身，效法苏武北海牧羊的心境，秉持对故国的一片忠心。

这首词，题名春感，实借节序之变迁，而抒发物非、人非之感。词以对句起，写元人骑兵之装饰，下句却是银花在洒泪，在这与往常喜庆不相称的氛围中，渲染起词人深沉的故国之思。第三句点明时间是春来元宵佳节，徒徒陷入愁城。然而毕竟因为是节日，所以又写有笛声，有戏鼓，只是因为南腔北调，听得讨厌，厌极而怒，怒而语，脱口而出，"不是歌声"。这种散文句法，干脆利落，词语犀利，截铁斩钉，但仍有回味之处，耐人寻思。上片就是这样两个对句写景，两个单句抒情。景以引情，情以衬景。下片大力抒情，"那堪独坐青灯"，极写无聊意绪，其背后皆是对故国的无限眷恋。"高台月明。辇下风光，山中岁月，海上心情"，正是故都往日景色，而今安在？语言极为跳跃，想象尤多内涵，心情至为复杂，将国之衰败与己之哀愁有机地融为一体。词也以此戛然而止，余音却袅袅不绝。如果说，上片的结句似板鼓声的干脆，这下片的结句，却是弦索声的缠绵，而基调都是苍凉悲苦的。宋末的遗民词多凄切呜咽之音，隐晦曲折。刘辰翁此词则不与众同，唱出慷慨悲歌之豪气。

沁园春·题潮阳张许二公庙

文天祥

　　为子死孝，为臣死忠，死又何妨。自光岳气分，士无全节，君臣义缺，谁负刚肠。骂贼睢阳，爱君许远，留得声名万古香。后来者，无二公之操，百炼之钢。

　　人生翕欻云亡。好烈烈轰轰做一场。使当时卖国，甘心降虏，受人唾骂，安得留芳。古庙幽沈，仪容俨雅，枯木寒鸦几夕阳。邮亭下，有奸雄过此，仔细思量。

潮阳即今广东潮州，张、许二公即安史之乱中以孤军坚守睢阳（今河南商丘）的张巡、许远。因韩愈曾任潮州刺史，为民造福颇多，又作有《张中丞传后叙》。其离任后，潮州人民感念其功德，在此地也为张巡、许远修建了祠堂。文天祥驻军潮州时，拜谒张许祠堂，写下此词，表示要如张许二公一般尽忠国家与民族。这首词中的许多观点在文天祥后来的《正气歌》中也有所反映。

　　全词大意：人生若为忠孝而死，那么死亡又有何惧！自有天地以来，能保持大节无亏的人少之又少，君臣之道得不到表彰。所幸，还有张巡、许远坚守孤城，临难骂贼，赢得万古美名。可惜后代的人，多半没有这样的节操。人生短暂，正应该轰轰烈烈做出一番事业。假如张许二公当时就投降了，必然遗臭万年，又怎能万世流芳。这座祠堂古雅深沉，倘若有奸雄过此，也可以好好反思自己的劣迹。

　　这首词是文天祥对张巡、许远的致敬之词，也是自我勉励之语。开篇三句即为警句，足以总括全篇，铿锵有力，正气沛然，不容置疑。下边笔势一转，议论这样的道理，历史上没有几人能做到。就以安史之乱来说，降叛者众，全节者少，令人痛愤。然而只有如此，才能显出张巡许远精神之可贵。接着正面写二人的铁骨铮铮、凛然大节，一个"香"字，传达出词人的无比钦敬。随后又用后来人做对比，既再度彰显二人的忠肝义胆，更是对当时屈膝投降者的严厉谴责。南宋灭亡之际，上自太后宰相，下至地方官员，投降者不计其数，在张巡的映照下，这些人都显得极为可鄙。如果说上片是赞扬先烈，下片即是词人自我心迹的剖白，又以昂扬的议论开始，表示要在这短促的人生中成就一番轰轰烈烈的大事，以博得千古美名，这正与儒家"君子自强不息"的理念相合。最后写祠堂景象，以景衬情，在这庄严肃穆的庭院中，词人效法先贤的决心严肃而郑重。结笔寓意深刻，可照见其对当时卖国贼的无比痛愤。全词以议论立意，又杂以抒情，蕴含从容娴雅和刚健之美。王国维曾说："文文山词，风骨甚高，亦有境界，远在圣与、叔复、公谨诸公之上。"这篇便是最好的例证。

元明清
篇

壬辰十二月车驾东狩后即事 (其四)

元好问

万里荆襄入战尘，汴州门外即荆榛。
蛟龙岂是池中物？蝼虱空悲地上臣。
乔木他年怀故国，野烟何处望行人？
秋风不用吹华发，沧海横流要此身。

元好问（1190—1257），字裕之，号遗山，世称遗山先生。太原秀容（今山西忻州）人。金元之际著名的文学家，是当时北方文学最高成就的代表。今存有《元遗山先生全集》。金朝灭亡后，元好问隐居不仕，诗歌多反映其黍离麦秀之悲，对金元易代间的大战乱有逼真而深刻的展现。这首诗截取了金朝灭亡的一个片段，进行了一段生动的速写。

　　全诗大意：从荆襄到汴梁的万里之地，如今皆烽烟滚滚，就连首都外面也已经是荆榛横生。皇帝陛下已如蛟龙出海，我们臣下就像蝼蚁等待最终的命运。面对乔木，难免想起故国人物，遍地烽火，又何时再见中兴气象呢？秋风不用吹着我那白发，在这沧海横流的时代，我自然会坚持自己的操守。

　　壬辰年即金哀宗天兴元年（1232），是年金朝国都汴梁被蒙古军队长期围困，十二月份金哀宗仓皇离开汴梁，逃向归德府（今河南商丘）。元好问的这首诗就围绕这一历史事件来展示金元之际无比惨烈的战事。首联先从汴京南方荆襄之地的战事讲起，看似离题万里，实则抓住了问题的核心，当时蒙古军进攻金朝的主力即从南方袭来。金军接连败绩，才导致汴梁被围，形势不可收拾。故在诗人的笔下，囊括从荆襄到汴梁的千里之地，皆烽火遍地，荆榛横生，交织成一幅人间修罗场的图景。中间两联则集中展现出诗人对时局的态度。其以"蛟龙"来比拟金哀宗，对金哀宗的出逃充满了期待，希望其能重整国威；又以"蚍蜉"自喻，表示普通官民的悲惨命运。两相比照，构成极大的冲击力。颈联则通过今昔对比，展现出金王朝如今难以扭转的败局。上句由乔木而怀故国，语出《孟子》："所谓故国者，非谓有乔木之谓也，有世臣之谓也。"暗含对在战争中殉难臣子的追思。下一句既写出烽火连天、行人断绝的战场景观，同时也化用了王维的"万户伤心生野烟，百官何日再朝天"，隐含着对哀宗中兴的期待。尾联则是诗人在这个动乱时代的心迹剖白，作为一介书生既不能沙场杀敌，已许下为故国存史的信念。实际上，这也是元好问后半生始终坚持的事业。全诗风格慷慨沉郁，苍凉遒劲，是那个时代风云激荡的产物。

登金陵雨花台望大江

高 启

大江来从万山中，山势尽与江流东。
钟山如龙独西上，欲破巨浪乘长风。
江山相雄不相让，形胜争夸天下壮。
秦皇空此瘗黄金，佳气葱葱至今王。
我怀郁塞何由开，酒酣走上城南台；
坐觉苍茫万古意，远自荒烟落日之中来！
石头城下涛声怒，武骑千群谁敢渡？
黄旗入洛竟何祥，铁锁横江未为固。
前三国，后六朝，草生宫阙何萧萧。
英雄乘时务割据，几度战血流寒潮。
我生幸逢圣人起南国，祸乱初平事休息。
从今四海永为家，不用长江限南北。

高启（1336—1374），字季迪，号槎轩，又号青丘子，江苏苏州人。元末明初著名的诗人。其诗才气纵横，潇洒飘逸，有李白之遗风。后人整理有《高太史大全集》。这首诗写于明朝建立后，纵情地讴歌国家统一的盛大局面。

　　全诗大意：滚滚长江从万山中涌来，一路向东，无所阻挡，唯有钟山自东向西，蜿蜒如龙，似乎要与长江一争高下，堪称天下奇观。相传秦皇在钟山埋下黄金，以绝王气，可如今这里的草木依旧葱郁。我心中的忧思如何可以排解，不妨就乘醉登上雨花台一览吧。面对落日荒烟，怀古之意油然而生。看那石头城下，江流汹涌，北方的铁骑怎能渡江而下，可是不管是孙吴，还是南朝，皆不免覆灭，最终落得宫阙生密草。割据的霸主们往来厮杀，只赢得鲜血如潮，奔流如大江。我又何其幸运，能遇到圣人，起兵江南，平息祸乱。从今以来，四海永远融为一家，再不用以长江来分割南北。

　　雨花台是南京城外的名胜，登临其上，可以俯瞰大江。高启登临此地，感慨万千，写下此诗，熔写景、抒情、议论为一炉，交织着怀古与感时的多重情愫，气象万千，令人思绪起伏。前六句写眼前之景，长江从万山丛中呼啸而来，钟山如龙要争锋而上，诗人赋予山川以人格的力量与沛然的气势，笔力万钧，令人心潮激荡。接下来诗人又由眼前的壮丽景色，发思古之幽情。首先从金陵的地势险要联想到古往今来雄踞于此的王朝不免归于覆灭，得出长江之险不足恃的结论，自然与儒家守天下在德不在险的思路相一致，也为最后赞颂明朝预留了伏线。接着又写到往日诸侯割据征战，天下苍生尽受其害，眼底的长江仿佛与想象中历朝百姓的血水融为一体，极富震撼力。经过一系列的反衬与蓄势，最后诗人由历史的沉思转向对现实的赞美显得有迹可循，不流于生硬。而且，这种赞颂中还流露出对国家富强的期待。全诗音韵铿锵，气势豪放，意境壮丽，是正面歌颂国家富强的杰作。

闻　警

张居正

初闻铁骑近神州，杀气遥传蓟北秋。
间道绝须严斥堠，清时那忍见毡裘。
临戎虚负三关险，推毂谁当万里侯？
抱火寝薪非一日，病夫空切杞人忧！

张居正（1525—1582），字叔大，号太岳，湖北江陵人。明代中晚期著名的政治改革家，万历初期的内阁首辅，执政期间开展了一系列的变法革新，极大地增强了明朝的国力。其生平作诗多能反映其作为执政大臣的心胸。今存有《张太岳集》。这首诗作于嘉靖三十四年（1555），张居正闲居在家，听闻鞑靼犯边，不禁忧心如晦，遂写下此诗。

全诗大意：刚刚听说蒙古骑兵开始骚扰中原，其实战争的消息在秋天时已经在蓟北地区传开。朝廷这时应对各地动向严加戒备，本来就是太平的日子，怎么能容许敌人的侵扰？在这多事之秋，平日的雄关反倒失去了拒敌的作用，又该派谁去统兵抗敌呢？时局危险已非一日，我这个病人不过是在这里瞎操心罢了。

这首诗充分展现了早年的张居正对于时局的关心，对于国家的安危已有了全盘性的思考。用语虽多质朴无华，蕴含的感情却有其感染力。开篇直白而爽利，直接点出了国家面临的危险局势，"铁骑""杀气""毡裘"等表明了入侵者的嚣张气势，极有震撼力，易激起军民同仇敌忾之心。而"绝须""那忍"表达出张居正在此事上的大义凛然的立场以及国家领土不容侵犯的信念。第五、六句则涉及对当时朝政的态度，其中充满着惋惜、愤恨、无奈、感伤等各种复杂的情感。边关形同虚设，朝中无人可用，这就是当时明王朝的实际情况，其昏庸腐败已暴露无遗。值得注意的是，张居正在此处没有直接批评守关的将领，而是用"虚负"一词指出了边关的形同虚设，而那些临阵脱逃的将领形象也就如现纸上。最后两句则是对国家局势的总体概括，不再局限于鞑靼进犯这一件事，显示出张居正通观全局的政治家思维。同时，也呈现出与国家命运休戚与共的士大夫形象。整首诗叙事、抒情、议论兼备，用语凝练，有情感人，有理动人，是张居正早年诗歌的代表。

马 上 作

戚继光

南北驱驰报主情,
江花边月笑平生。
一年三百六十日,
多是横戈马上行。

戚继光（1528—1588），字元敬，号南塘，晚号孟诸，山东蓬莱人。明代中后期著名将领。嘉靖年间，在浙江、福建沿海一举荡平侵扰海疆多年的倭寇；万历时期，又驻守蓟北，抵御蒙古的进犯，堪为塞上长城。戚继光虽为武将，也喜好文辞，一生创作多篇反映其戎马生涯的诗篇，今存有《止止堂集》。

全诗大意：我转战南北，就是为了报答主上的恩情，那江上花、边关月会笑我平生奔波吧。一年的三百六十天中，多半时间，我都是带着兵器在马背上度过。

这首诗是戚继光对其一生征战生涯的生动概括。"南北驱驰"，已足以概括戚继光一生的行迹，从浙江、福建再到蓟州，可谓一南一北。在历年的奔波中，没有人不觉得劳累甚至厌倦，正如其自嘲连南北的花草都开始嘲笑其忙碌生涯。而在戚继光看来，其万里奔波，就是为了报答皇帝的恩情。换言之，作为一员武将，其职责是保卫天下的安宁。在这平铺直叙与前后映衬中，写尽了戚继光心系天下的胸襟。后两句则是对"南北驱驰"更为具体化的说明，几乎日日奔波，表明以上所言不是虚言。最后一句还刻画出一个横戈跃马的将军形象，就是戚继光的自我写照。全诗平易自然，朗朗上口，画面感极为强烈。从这首诗可以看出，戚继光不仅有诗情，也有欣赏美的眼光，而保家卫国的责任始终在其心中处于第一位。如此性格丰富的武将，令人心生钦佩。

边中送别

袁崇焕

五载离家别路悠，送君寒浸宝刀头。
欲知肺腑同生死，何用安危问去留。
策杖只因图雪耻，横戈原不为封侯。
故园亲侣如相问，愧我边尘尚未收。

袁崇焕（1584—1630），字元素，广东东莞人。明末著名抗清将领，曾任蓟辽督师等要职，多次率军击退后金军及后来的清军的进攻，战功卓著。后因皇太极的反间计，被崇祯皇帝冤杀。其在蓟辽期间所作的诗歌多充满着抗敌报国的决心及乐观高昂的自信。

　　全诗大意：我已离开家乡五年之久，回乡的路途多么悠长，我送你归去的时候，正值天气凌寒之时。我真心愿意与边塞士卒同生共死，哪里会因为安危决定自己的去留？我策马从军，只为一雪国耻，从来没有想着封侯之事。故乡的人们如果问我的情况，就说我现在还愧疚于没有彻底肃清入寇的敌人吧。

　　此诗是袁崇焕在边关送别家乡友人时所作，展现了其赤忱的爱国之心与公而后私的士大夫情怀。首联即点明送别的时间、地点，用语凝练。"别路悠"三字别有意味，既指从辽东到广东一路路程漫长，更指其要回乡还时日尚久，还有许多事业等待其去完成。中间两联显豁地表明其甘愿驻守边疆报国杀敌的雄心、不以安危易志的操守、祖国至上的崇高情操。尾联则加深了其立志报国的信念，表示要彻底肃清边患的决心。全诗语言直白，句意明彻，将诗人的一片丹心铺陈得极为到位，极具感染力。

将入武林

张煌言

国亡家破欲何之？西子湖头有我师。
日月双悬于氏墓，乾坤半壁岳家祠。
惭将赤手分三席，敢为丹心借一枝。
他日素车东浙路，怒涛岂必属鸱夷！

张煌言（1620—1664），字玄著，号苍水，浙江宁波人。南明著名抗清统帅，曾与郑成功一起率军合围南京城。后兵败被俘，慷慨就义于杭州城中。张苍水诗歌多是其战斗生活的反映，风格慷慨沉雄，充分表现出其不屈的抗清抱负与忠君忧民的爱国热情。

全诗大意：国破家亡之际，我有什么打算呢？西湖边的贤人们就是我的榜样。那里有于少保的坟墓，有岳少保的祠堂。我自问不能与于、岳二公并列，但他们的爱国丹心我一样有。我死之后，我的愤怒必将同伍子胥那样在世间掀起滔天巨浪。

此诗又名《甲辰八月辞故里》，当时张煌言被捕后被解送杭州，自知要必然面对死亡。此诗处处弥漫着死亡气息，却毫不畏惧，反而呈现出存仁取义的道德愉悦感。首联明白地袒露其慷慨赴死的心怀，因为其觉得此行并不孤独，其一片爱国赤忱正与敬仰的前人不谋而合。颔联浓情饱墨地赞颂于谦、岳飞的光辉形象，这两位英雄就是张煌言的"师"。用语典雅雄壮，对称工整妥帖，极具匠心。以"日月双悬"来修饰于谦的坟墓，暗指于谦曾护佑了大明江山；"乾坤半壁"也显得气势雄浑，这是岳飞功绩的最好证明。他们魂归西湖，激励着张煌言慷慨就义。有先贤事迹在前，张煌言此时或许倍觉惭愧，因为他的所有努力都没能成功挽救明朝的覆亡，所以有了颈联中的"惭"，但他自问已然尽力，故又能无愧"丹心"二字。这一联上下句间过渡巧妙，无斧凿痕，将张氏复杂的心怀婉转托出。最后一联，将语意推向高潮。诗人于此表示其死后还要将忠愤之气化为怒涛，更显示其难以泯灭的爱国抱负。"素车"和"鸱夷"都用了伍子胥的典故。《太平广记》载伍子胥被冤杀后，"时有见子胥乘素车白马在潮头之中"，而《吴越春秋》又说"吴王乃以子胥之尸，盛以鸱夷之器，投之江海，子胥因扬波成涛激岸，随潮往来"。诗人在这里自豪地说，其就义之后，海中的怒涛不再只为伍子胥一人所有，他也要加入其中。在整首诗中，洋溢着慷慨就义的决绝与自豪，堪称古往今来绝命诗的激昂之作。

鱼　服

夏完淳

投笔新从定远侯，登坛誓饮月氏头。
莲花剑淬胡霜重，柳叶衣轻汉月秋。
励志鸡鸣思击楫，惊心鱼服愧同舟。
一身湖海茫茫恨，缟素秦庭矢报仇！

夏完淳（1631—1647），字存古，别号灵胥，松江府华亭县（今上海松江）人。明末著名的少年英雄、诗人。夏完淳少年即有才名，明亡后随父亲夏允彝、老师陈子龙等从事恢复事业，失败被杀，年仅十七岁。其诗歌或慷慨悲愤，或凄怆哀婉，充满着强烈的民族情结。其作品被后人辑为《夏完淳集笺校》。

全诗大意：我要丢下笔杆，追随主帅投入战斗，誓言要生擒地方首脑。那宝剑磨得正利，与胡人的战斗中正好一展身手，在秋夜中穿上柳叶衣更觉精神抖擞。我要学那祖逖，北上收复中原，就怕愧对当年的战友。飘零湖海之间，心中充满着亡国遗恨，无论如何，必复此仇！

明朝遗民们的复国战争极为残酷，夏完淳的父亲以及众多亲朋都在这场战争中殉难，这首诗为夏完淳追随陈子龙再次起兵时所作，显示出绝不畏惧、誓复国仇的冲天豪气。全诗虽多处用典，然意脉连贯，气势豪放，动人心魄。首联即雄放豪迈，锐气无匹。定远侯指东汉初年投笔从戎，在西域建立大功的班超，引用此典，切合夏完淳书生从军的身份。同时，班超以三十六人定西域，这里也暗指夏完淳不惧敌我力量悬殊，奋勇向前的勇气。月氏头本指大月氏王被匈奴打败后，头颅被匈奴人制为酒器。这里用来表示其直欲生擒敌酋的雄心，有"壮志饥餐胡虏肉，笑谈渴饮匈奴血"之风范。颔联以宝剑、戎装，刻画出英姿飒爽的英雄形象，暗喻奔赴战场的急切心情。颈联上句以闻鸡起舞、中流击楫的祖逖自比，下句则想起曾经殉难的朋友，一正说慷慨的志向，一侧写战斗的残酷，总的来说，都是在表示诗人清醒地认识到肩上的使命。那就是最后一句所言，必须矢志报仇。"缟素秦庭"引用春秋时期申包胥在楚国被吴国攻灭后，到秦国求救的事典，以此来表示此次起兵，要各方相互配合，以期得见成功。

别 云 间

夏完淳

三年羁旅客，今日又南冠。
无限河山泪，谁言天地宽。
已知泉路近，欲别故乡难。
毅魄归来日，灵旗空际看。

云间是夏完淳故乡松江的别称。明永历元年，即清顺治四年（1647），夏完淳参加的反清义军失败，被清军逮捕，解送南京。其明知此次离开故乡乃是诀别，故写下此诗，表达对家乡的无比眷恋与舍身就义的坚毅决心。

全诗大意：三年以来，我为抗清事业东奔西走，如今又做了清军的俘虏。山河沉沦，我有无限的泪水，谁说天地宽广，天地间又怎能承载起我的泪水。我深知黄泉路近，要永别故乡，却又无比眷念。没有什么好怕的，等到我的魂魄归来的那日，我要在灵旗下再一览这大好风光。

全诗首联平静地交代三年来的行迹，对辗转飘零的艰难抗清生涯作了简短概括，其中蕴含着无限的悲痛与无边的遗恨。"南冠"语出《左传》，楚人钟仪被晋国俘虏后，还带着楚国的帽子，常用以指代俘虏。此处暗指虽身为阶下囚，而忠于故国的心肠还没有改变。颔联则用夸张的手法，指出天地间已容纳不下其流下的泪水，极言其难以抑制的悲愤。夏完淳此时才十七岁，他的悲愤不是年纪轻轻就将命丧黄泉，而是江山破碎，自己的满腔抱负还来不及实现。"谁言天地宽"化用自孟郊《赠别崔纯亮》"出门即有碍，谁谓天地宽"，却极大地升华了原句的意境，将个人忧愤上升为国家沦亡的悲愤，其痛苦悲切，更令人哀悯。颈联生动地表现了夏完淳此时的内心波澜，尽管已决心舍生取义，心中还对故土有无限的眷恋，这才是一个血肉饱满的真实形象。当时，其自愧不能尽孝于母，不能尽责于妻，故言"欲别故乡难"。个人情愫的加入，使得夏完淳的形象更为真实动人，其殉国的举动也更令人感动。而夏完淳始终将恢复大业放在儿女情长上，故尾联继续抒发其就义的决心与不屈的信念，将全诗早已酝酿的情感推向顶峰。其中的"毅魄"典出屈原《国殇》的"身既死兮神以灵，魂魄毅兮为鬼雄"，昭示其不灭的雄心。全诗风格沉郁顿挫，在全面剖析内心各层情感的过程中，完成了一个坚毅少年形象的塑造，手法老到纯熟，表现出真实浓烈的爱国激情。

海　上（其一）

顾炎武

日入空山海气侵，秋光千里自登临。
十年天地干戈老，四海苍生吊哭深。
水涌神山来白鸟，云浮仙阙见黄金。
此中何处无人世，只恐难酬烈士心。

顾炎武（1613—1682），本名绛，字忠清、宁人，亦自署蒋山佣，江苏昆山人。南京沦陷后，因为仰慕南宋遗民王炎午的人品，改名炎武。因故居旁有亭林湖，世称亭林先生。顾炎武是清初屈指可数的大思想家、学问家，与黄宗羲、王夫之并称"明末清初三大儒"。其治学路数被视为清代学问的开山典范，《日知录》为治学名著；而其诗歌中始终荡漾着强烈的民族节操以及矢志恢复的壮志，今有《亭林诗文集》。

全诗大意：我在千里秋光中，独自登上这座海边空山，此时海气浸润，阳光普照。天下的战乱已持续十年，还没有止息；天下百姓早深深陷于痛苦之中。水浪涌来，白鸟飞过，仿佛有神山出现。云雾缭绕中的仙人宫殿隐隐然出现了黄金殿堂。这里宛然极乐世界，可我若居此，无法寄托那颗壮志之心啊。

从谋篇布局上来说，此诗是古典诗歌中常见的以美景衬哀情，以哀情状壮志的写法，诗人运用得极为纯熟。首联铺陈起这座海上小岛的壮丽景观，诗人登临此处，正是恰逢其地。可到了次联，笔势一转，开始写人间的疮痍满目。"十年"极言战事之久，"四海"则言战争祸烈之广，而"老"与"深"字更形象地展示出战争对普通百姓的伤害。颈联的语意再次一转，由惨烈的人间转向辉煌的海上仙境。诗人写碧波涌动，写白鸟起伏，写白云缭绕，写宫殿的金碧辉煌，一派仙境，令人悬想。至此，全诗的句意已经过两层转折，诗人蓄势已足，到了最后，宣告出自己的抉择，要奔赴反清事业中去，一展平生抱负，绝不贪恋舒适的生活。诗人无论是写疮痍满目的人间，还是写金碧辉煌的仙境，皆能蓄足情势，感情饱满。也唯有如此，才能照见诗人选择的可贵。

精　卫

顾炎武

万事有不平，尔何空自苦。长将一寸身，衔木到终古？
我愿平东海，身沉心不改。大海无平期，我心无绝时。
呜呼！君不见，西山衔木众鸟多，鹊来燕去自成窠。

精卫是传说中的一种神鸟，据《山海经·北山经》载："炎帝之少女名曰女娃。女娃游于东海，溺而不返，故为精卫。常衔西山之木石，以堙于东海。"故常作为不顾弱小而竭力复仇的象征存在。顾炎武此诗即通过精卫鸟的形象来表达其不变的反清复明的雄心。

全诗大意：天下事本就没有公平可言，你为何还要如此自苦？你以如此弱小的身体，要衔着树木来填平东海，恐怕要填到天荒地老吧？我的志向就是要填平东海，即使死亡也不会改变初心。只要大海一日不平，我的努力就不会终止。呜呼！你难道没有见到有那么多鸟在西山衔着木枝，飞来飞去，却在筑造自己的小窝吗？

此诗作于公元 1650 年左右，当时反清局势已然败坏，明朝统治的领土仅限云贵及福建沿海一隅，明清实力对比发生了压倒性的转变。故顾炎武以精卫自比，表示绝不气馁的抱负，决心以精卫鸟填海的精神，实现自己抗清复明的大业以及不向清王朝屈服的决心。全诗主要由两段对话和一段独白构成。前四句是旁观者对精卫填海这一行动的疑问，实际上也是对当时局势的理智分析，天下没有不亡之国，明朝灭亡的局面已不可挽回，为何还要将自己宝贵的生命与精力投身到这种无望的事业中去。中间四句则是精卫的回答，充分彰显出儒家明知不可为而为之的决心，这是执着的信念，是可歌可泣、不屈不挠的斗志。这四句极为典型地将战士不屈的精神表现出来，简洁利落，气势沉着，令人感愤。最后则是一段独白，以西山群鸟只顾筑自己的巢穴与精卫填海构成鲜明的对比，更显出精卫精神令人悲怆，令人崇拜。在这里，诗人以西山群鸟比喻为了私利而变节的贰臣们，充满了极度鄙薄之意。全诗语言简洁明快，质朴自然，其中彰显出的一心为公、矢志不渝的正气，感染着历来无数的爱国者。

秣　陵

屈大均

牛首开天阙，龙岗抱帝宫。
六朝春草里，万井落花中。
访旧乌衣少，听歌玉树空。
如何亡国恨，尽在大江东？

屈大均（1630—1696），字骚余，又字翁山，号菜圃，广东番禺人。清初著名遗民诗人，与陈恭尹、梁佩兰合称"岭南三大家"。其诗歌有屈原、李白之遗风，多在缥缈缠绵中寄托其故国之思。因其反清思想强烈，故诗文在雍正、乾隆年间屡遭禁毁，现存有《翁山诗外》《翁山文外》等。

全诗大意：故都南京形势壮丽，有牛首山和钟山南北护持。曾在这里建都的王朝都已化作历史的烟尘，如今只剩下春草与落花。我再次寻访，再也见不到当年的王谢子弟，听不到昔日的玉树后庭。为何古往今来的亡国故事，都发生在江东这片土地呢？

秣陵是南京的别称，至清初为止，已有先后八个王朝建都于此，明初也曾短暂定都于此。故清初遗民常通过咏叹六朝兴亡来发其故国之思。此诗借古悼今，用意灵巧。首联写南京为形胜之地，表明其具备建都的条件。牛首为南京城西南的牛首山，在诗人看来正如皇宫前的楼阙；而龙岗是钟山的别称，据《六朝事迹》载，诸葛亮说"秣陵地形，钟山龙蟠，石城虎踞，真帝王之宅"。此处隐用其意，说明南京是当之无愧的古今名都，也反衬出后文中南京没落之不合常理。中间两联聚焦于南京今日的景象，与开篇形成强烈的对比。颔联指南京城旧日的繁华已去，如今只剩下一片荒草落花，感伤之情可掬。而春草暗用杜甫的"国破山河在，城春草木深"，落花暗用李煜的"流水落花春去也，天上人间"，万井则隐喻陈叔宝的亡国之事，诗人的古今感慨在此得到蕴藉的表达。颈联以乌衣巷与玉树后庭花两个典型的意象来表示六朝昔日的风流，而"少"与"空"二字则明白地呈现出胜迹难再的景象，更形象地突出昔日的人事已完全凋零。尾联紧承上文，抒发诗人的感慨：为什么亡国破家的悲剧，都发生在这块土地呢？表面上是承前叩问历史，实际上表达了对南明最终灭亡的悲悼。此诗是到达故都的泣血之作，却不流于悲悼叫嚣，反显得典雅蕴藉，大概是情到深处也只能陷入叹息感慨。屈大均的诗歌中不乏此种风格。

壬戌清明作

屈大均

朝作轻寒暮作阴，愁中不觉已春深。
落花有泪因风雨，啼鸟无情自古今。
故国江山徒梦寐，中华人物又销沉。
龙蛇四海归无所，寒食年年怆客心。

清明节是中华传统节日，人们在这一天或上坟祭祖，或出外踏青，而对于壬戌年（1682）的屈大均来说，他感念的是沦亡的故国、逝世的朋友以及难以实现的理想，悲怆意味更为深沉。

全诗大意：清明时节，阵阵清寒，朝暮阴晴不定，我深陷愁城，竟不知春意已深。风雨中有落花垂泪，那无情的啼鸟声更是从古唱到今。故国的山河只能在梦中看见，而中华的英雄早已消逝不见。那些还有豪情的勇士们在世上竟无立身之所，徒然在寒食节满怀悲怆。

此诗感慨深沉，悲凉绝望，仿佛清明时节的阴雨薄雾早氤氲于纸面。首联极力突出阴晴不定的气氛，既是写实际的天气，同时也暗示着其落寞的心情，诗人已清醒地认识到，清朝的势力已如风雨般将天地笼罩，形势无法挽回，一个"愁"字即是其此刻心情的代表。颔联浑然有楚骚遗意，《楚辞》曾说"鸾鸟凤凰，日以远兮。燕雀乌鹊，巢堂坛兮。露申辛夷，死林薄兮。腥臊并御，芳不得薄兮"。诗人以落花垂泪比喻抗清志士的沉沦，以啼鸟来比拟卖身投靠清廷的小人的猖獗，正是对《楚辞》中这套隐喻系统的灵活运用。颈联感情强烈，弥为悲愤，堪称一字千钧，将恢复理想破灭的遗恨铺陈得淋漓尽致。"徒"与"又"字写尽一次次理想破灭的忧愤，令人难以释怀。尾联中的"龙蛇"喻指反清的各路英雄，而龙蛇无所正在昭示着英雄壮志无从施展的痛苦事实，那么自然引出最后一句"寒食年年怆客心"，将其幽愤的根源展露无遗。

崖门谒三忠祠

陈恭尹

山木萧萧风又吹，两崖波浪至今悲。
一声望帝啼荒殿，十载愁人来古祠。
海水有门分上下，江山无地限华夷。
停舟我亦艰难日，畏向苍苔读旧碑。

陈恭尹（1631—1700），字元孝，号独漉子，又号罗浮布衣，清初著名诗人，"岭南三大家"之一。著有《独漉堂全集》。其父陈邦彦在抗清战斗中牺牲，陈恭尹一生亦以遗民自居，不与清朝合作，诗歌中充满着怀念故国的情绪。

全诗大意：崖门山下又吹起萧萧风声，海水至今还在悲鸣不息。那荒芜宫殿中的杜鹃犹自声声啼血，我这个漂泊十年的愁苦人，前来拜谒三忠祠。看那海水还能被崖门分割，那么为什么备有江山来限定华夷的边界呢。如今我苟活于此艰难之日，不敢去读那昔日留下的碑文。

顺治十一年，陈恭尹路过崖门，抚今感昔，写下此诗。崖门，又称崖门山，是南宋王朝最后的据点，崖门战败，象征着南宋彻底灭亡，全国完全沦为蒙古之手。三忠祠是祭祀南宋最后的三位重臣文天祥、陆秀夫、张世杰的祠堂。南宋亡于蒙古，明朝亡于清，情势相同，故而崖门在清初同样是遗民们的伤心之地。陈恭尹即借助崖门将其遗民心境展现得凄婉欲绝。

全诗开头两句，即集中地展现出悲壮的气氛。诗人登上崖门山，听到萧萧风声，感受着山河飘摇；看到海中波浪，仿佛南宋灭亡最后的悲怆还浮现在眼前。借古伤今，感慨遥深。颔联正面写三忠祠的荒芜，不见游人凭吊，唯有杜鹃啼血，一派哀伤的氛围无可化解，而诗人特意点明其为"十载愁人"，也在表明明朝灭亡已有十年，而这十年来的亡国恨无日不在其心间。颈联尤为绝妙，由自然景观想到人世沧桑，表面埋怨天地，实则是无地可以消忧。清代大诗人赵翼在《瓯北诗话》中对这两句赞不绝口，说道："此等雄骏句，虽李、杜、苏、陆，穷尽气力，一生不过数联，而独漉切定其地，不可移咏他处，尤难得。"最后两句是诗人的自责之词，因其不能如"三忠"那样殉国，不能如父亲那样牺牲，故深深的愧疚藏于其心头。当然这里也寄寓着其志向，不安于苟活，更不能屈节。全诗感慨遥深，情绪低沉徘徊，洵为佳作。

秋夜，师次松花江，大将军以牙兵先济，窃于道旁寓目，即成口号，示同观诸子

吴兆骞

落日千骑大野平，回涛百丈棹歌行。
江深不动鼋鼍窟，塞迥先驱骠骑营。
火照铁衣分万幕，霜寒金柝遍孤城。
断流明发诸军渡，龙水滔滔看洗兵。

吴兆骞（1631—1684），字汉槎，号季子，江苏苏州人。清初著名才子，早年即才华横溢，与彭师度、陈维崧并称为"江左三凤凰"。顺治十四年（1657），因江南科场案，无辜获罪，被遣戍宁古塔，二十年后在朋友们的帮助下获归。其诗集名为《秋笳集》，其间诗歌多作于流放东北期间，对东北风物有生动的表现，是清初边塞诗歌的代表。这首诗即呈现出清朝军民同心协力前往雅克萨击退沙俄进犯的事迹。

全诗大意：面对沙俄侵犯，大清军水陆并进，大平原上有数千骑兵，松花江上有水师营地。大军所过之处，秋毫不犯，直击前方敌人的巢穴。晚上宿营时，有篝火，有金柝，部伍森严，俨然王者之师。等到明天一早，大军再度出发，成功可待，我们就等着雄师凯旋之时。

此诗以极为雄健的笔触写出大军出征时的整肃军容，昂扬着浓郁的爱国激情，即使放在唐代最杰出的边塞诗中，也不遑多让。起笔即横放刚健，由落日、原野、大军构成一幅壮丽的出师图，隐用杜甫"落日照大旗，马鸣风萧萧"之意。第二句的目光转向松花江上的水师，且行且歌。相比骑兵，吴兆骞笔下的水师更多地呈现出乐观欢快之气。次联这里使用了互文的手法，即指水陆两军同样具有着优良的军纪与威武的军容，"深"与"迥"更传达出大军不畏艰险的雄姿。如果说前四句是从动态的角度着笔，五、六句则从静的角度展现清军宿营时的规模。一静一动，将一支威武之师的全貌展露无遗。这两句实际上也化用了《木兰辞》中的"朔气传金柝，寒光照铁衣"，虽为用典，却将典故与现实融化无间，传达出爽朗刚健的姿态。最后两句畅想大军明朝出发时的威严气势与期盼凯旋的急切心情，以虚统实，别具匠心，也反映出诗人对这场战争胜利的绝对信心。"断流"用前秦皇帝苻坚"投鞭断流"之语，极言清军声势壮盛，而"洗兵"本指洗涤兵器上的血迹，象征不再使用，则饱含着诗人对和平的期待。吴兆骞本是被清廷流放的罪人，这里毫不保留地热情地赞扬清军，说明了沙俄入侵已成为全民族的敌人，而清朝多民族国家已经形成的现实。

少　年　行

黄景仁

男儿作健向沙场，
自爱登台不望乡。
太白高高天尺五，
宝刀明月共辉光。

黄景仁（1749—1783），字仲则，又字汉镛，自号鹿菲子，江苏武进人。乾隆年间极为杰出的诗人，有《两当轩集》传世。黄景仁一生坎坷不遇，长年做幕僚，寄食四方，终身志向难得一酬。故其诗歌除表现个人流落不偶的情结外，还常有报国的雄心壮志。

全诗大意：作为男儿，应当奋勇到战场立功。男儿喜好登台望向建功的远方，绝不悲切地思恋故乡。前方有太白星高悬，有宝刀熠熠生辉，正是我辈扬名立功的好地方。

《少年行》是乐府古题，多用来表达少年建功立业的雄心。黄景仁作此诗，直白地抒发其志向，语意显豁，音节高亮，洋溢着乐观昂扬的情绪。首句本自北朝乐府《企喻歌》"男儿欲作健，结伴不须多"，凸显其一往无前的勇气，要在战场之中成就功业。第二句反用望乡台的传说，表示少年绝不贪图安逸，还以望乡台作为对比，用"登台"隐寓其向往燕昭王黄金台的心绪。最后两句气象轩朗，极为慷慨爽利，实则化用自唐诗《哥舒歌》"北斗七星高，哥舒夜带刀。至今窥牧马，不敢过临洮"，透露出一股英武之气，似乎诗人的雄心已驰骋于明月朗星之下，期盼着再次建立胡马不敢窥边的伟业。

金　陵

陆　嵩

崔巍雉堞尚前朝，形胜东南第一标。
惊见羽书传昨夜，忽闻和议出崇朝。
秦淮花柳添憔悴，玄武旌旗空寂寥。
往事何人更愤切，不堪呜咽独江潮。

陆嵩（1791—1860），字希孙，号方山，吴县（今江苏苏州）人。一生落拓不偶，游幕四方，有《意苕山馆诗稿》传世。其诗多反映鲜活的社会现实，在鸦片战争期间也有许多慷慨激昂的诗作，与魏源、张际亮等人的诗歌都是那个时代的真实写照。这首诗正是其写在《南京条约》签订后的悲愤心情。

全诗大意：南京城墙自古以来都堪称雄壮，是东南第一大城。昨天晚上忽然通报军情紧急，今天早上就听说有和议告成。从此以后，南京城中的风物愈发显得憔悴落寞，而我辈抚今追昔，忧愤正如江潮，难以自抑。

南京又称金陵，为历史文化名城，号为六朝古都。因定都金陵的历代王朝旋兴旋灭，金陵遂成为怀古诗中的常客。陆嵩的《金陵》所用意象与历朝金陵怀古诗大同小异，却以其来表现时事，在古与今之间达成了巧妙的融合。首联极力从时间与空间两个维度赞颂形容金陵城的城市雄丽，位置重要，其用意在于反衬清政府在南京签订卖国条约的耻辱。颔联中的"羽书"指紧急军情，"崇朝"则表示清晨，而"昨夜"与"崇朝"连用，就以漫画式的手法呈现出清王朝的懦弱无能，不敢与英军战斗到底，飞快地签订条约，是对金陵城莫大的羞辱。颈联由抒情转向写景，秦淮花柳、玄武旌旗本是南京的标志性物象，这里却说其憔悴、寂寥。实际上景物千载如是，变的只是人的心境。诗人在这里以景语传情语，含蓄蕴藉。尾联两句皆使用了反衬手法。第七句表面上说关于金陵的历史往事已无人悲叹，实则在控诉当朝君臣对《南京条约》的耻辱极为漠然；第八句字面上看是写只有江潮在鸣咽，实际上是作者自己的愤恨难平。全诗的情感慷慨悲切，用语却蕴藉沉着，深得传统诗歌的妙境。

秋　心（其一）

龚自珍

秋心如海复如潮，但有秋魂不可招。
漠漠郁金香在臂，亭亭古玉佩当腰。
气塞西北何人剑，声满东南几处箫。
斗大明星烂无数，长天一月坠林梢。

龚自珍（1792—1841），字璱人，号定庵，浙江杭州人。清代晚期著名的诗人、思想家。其人极富才情，对道光以来的社会问题有着深刻的洞察。其著作被后人辑为《龚自珍全集》，诗歌多抒发其纵横的才子气息与大变局前的苦闷。

　　全诗大意：我的忧心，既像海水，又像大潮，生平挚友的亡魂已经远去不可招。手腕上郁金香，还在发出微微清香；腰间的玉佩，在黑夜中散发着光芒。如今，谁能在西北边疆挺身报国，谁又能在东南发出哀怨的笙箫。看那漫天星斗，月挂林梢，而我的愁绪怎么又能消弭。

　　龚自珍的《秋心》作于道光六年（1826），共五首，此处所选为第一首。此年龚自珍第五次参加会试失利，而生平好友又多在此年逝去，又念及国家的隐患，心绪烦恶，故作此诗。全诗主旨在为朋友招魂的同时，也写出了己身的幻灭与痛苦。

　　第一句写愁思，以"如海"对"如潮"，表现出澎湃不可遏制的心绪，而第二句又以"秋魂"与首句的"秋心"相对应，别具匠心，更显得秋气弥漫，正合宋玉"悲哉！秋之为气也"的论调，也正与其《招魂》巧妙呼应，传达出对亡友不息的思念。领联紧随第二句而来，由招魂衍生出《楚辞》中的经典意象，以香草表示美好的德操，以美玉来比拟良好的品行，既是写自己，也是写亡友；而香草易萎，美玉易碎，此二句又双关地写出亡友早逝与自己感伤的事实。颈联延续龚自珍常用的箫剑意象，别具壮丽幽怨之美。"西北"对应的是日渐严重的边患，衬托出挺身报国的决心；而"东南"则指富庶之地的东南百姓日渐沉重的赋税负担，而将箫声安排在东南，也正与伍子胥吹箫吴市的典故相对应，别具巧思。诗人在幽丽的感伤之中，将朝廷面临的内忧外患轻轻写出，又令人无比沉痛，可谓功力深厚。尾联以星月为对照，暗示出本人的畸零之感，以宏大的景物来传达忧郁的心境，也是龚自珍的独门绝技，往往能传达出遒劲沉烈的美感。

寰海十章（其一）

魏　源

揭竿俄报郅支围，呼市同仇数万师。
几获雄狐来庆郑，谁开咒柙祸周遗。
七擒七纵谈何易，三复三翻局愈奇。
愁绝钓鳌沧海客，墨池冻卧黑蛟螭。

魏源（1794—1857），字默生，湖南邵阳人。清末著名思想家、文学家，著有《古微堂诗文集》《海国图志》《圣武记》等书。魏源与龚自珍并称"龚魏"，是清末最早开始关注世界局势的读书人之一，是近代首批"睁眼看世界"的知识分子的杰出代表。魏源密切关注国际局势的根源在于其对中华民族深深的爱，当中西爆发战争时，其毫不犹豫地支持捍卫民族独立的战争。这组《寰海十章》正写于鸦片战争期间，生动地反映了战争的进程与诗人的态度。此处所选为第一首。

全诗大意：英国鬼子已被层层包围，人人同仇敌忾，瞬间就聚集起数万大军。眼看就要擒贼擒王，可未曾想突然冒出了救兵。是谁放出了猛虎让它继续危害人间，难道英国人也可以被七擒七纵？或战或和反复不定，如此荒唐之事，真让人痛苦，我也只得如蛟龙僵卧墨池，难展抱负。

这首诗记载了广州人民与英军大战三元里的经过，无情地讽刺、谴责清廷的屈膝卖国，表达壮志难酬的愤懑。全诗虽写时事，却通篇用典，显得别有意味，极有气势。首联的"揭竿"，典出《史记》"斩木为兵，揭竿为旗"，指农民起义，这里指三元里人民自发武装起来。"郅支"本是北匈奴单于，因屡次侵犯汉朝边境，最终被陈汤攻灭，首级被送至长安。故"郅支"成为最终被消灭的桀骜不驯的敌酋的象征，这里用来指英军统领义律。颔联的"雄狐"，典出《左传》，秦晋交战前，秦穆公让太史公占卜，得"获有雄狐"之语，故以此来指代敌方首领；而庆郑则为晋国国君解围，这里指广州将军奕山，正是他的命令，让义律得以逃出生天。"兕柙"出于《论语》"虎兕出于柙"，将英军比作猛虎，再次为祸人间。"周遗"则典出《诗经》"周余黎民"，泛指劫后余生的中国人民。这两句典型地反映出对清政府的痛恨。颈联继续指摘奕山等人的昏聩，导致大局不可收拾。英军不像孟获那样可以通过这种方式被感化，而战局却因此而变得不可预测。最后诗人针对局势，叹息自己不得任用，与国效力。其中以"墨池蛟螭"自比，出自《三国志·吴志·周瑜传》："刘备以枭雄之姿，而有关羽、张飞熊虎之将，恐蛟龙得云雨，终非池中物也。"透露出其雄大的志向，也隐隐然寄寓着对当局者的讥讽。

迁　延

张际亮

百万金缯贿寇还，明州父老叹时艰。
捷书互报中朝贺，优诏仍蒙上赏颁。
浪跋鲸鱼腥璧水，血分鸩鸟污珠鬟。
舟山鬼泣君知否？无数楼船瘴海间。

张际亮（1799—1843），字亨甫，号华胥大夫、松寥山人，福建建宁人。清代后期著名诗人，与魏源、龚自珍、汤鹏并称"道光四子"。张际亮在鸦片战争期间创作了大量反映时事的诗歌，揭露英帝国主义的凶残，暴露清政府的腐败无能，同情黎民百姓的痛苦，堪称一代"诗史"。

　　全诗大意：朝廷赔款百万，换得英军退兵，宁波的百姓在哀叹生存艰辛。地方大员纷纷上书报捷，皇帝也乐意奖赏这些"立功"的将领。这时的海中依旧鲜血淋漓，只有鲸鱼与鸮鸟在一片欢欣。京城诸君明不明白，就在这舟山间，刚有无数战船沉埋，还有无数冤魂哭泣。

　　这首诗通篇充满着对清廷的强烈不满，却没有直接道出，在直陈事实与铺陈对比间完成了情感表达。其中，反复使用对比成为这首诗的主要艺术特征。首联将朝廷向外敌屈膝赔款与百姓的痛苦放在一起，无声地暴露了清廷取媚洋人而无视国人死活的罪行，具有强烈的冲击力。颔联又写出官场上的一片欢腾氛围，官员冒功，皇帝昏庸，这出闹剧也与首联构成鲜明的对照。其中"互""仍"二字，更见诗人的讽刺力度。颈联又将聚焦点从看似太平的官场移向鲜血淋漓的战场，从鲸鱼与鸮鸟的纵横，传达出战局之惨，更揭穿了将领们报功的虚假。全诗最后以"无数楼船瘴海间"收束，一片寂然氛围，更是充满着无声的指责，诗人的态度于此尽显。

春日沪上感事

王 韬

海上潮声日夜流，浮云废垒古今愁。
重洋门户关全局，万顷风涛接上游。
浩荡东南开互市，转输西北供征求。
朝廷自为苍生计，竟出和戎第一筹！

王韬（1828—1897），字紫诠、兰卿，号仲弢、天南遁叟等，江苏苏州人。晚清著名思想家、诗人。王韬社会阅历丰富，相传曾应太平天国科举，被称为"长毛状元"；又与西方传教士有着密切的交往，是当时沟通中西文化交流的重要人物；并于1874年在香港创办了中国报刊史上第一份以政论为主要内容的报纸——《循环日报》。王韬的相当一部分诗歌反映了其对国势的看法。

　　全诗大意：海上的潮水昼夜不休，天上的浮云、地上的故垒荡漾着不绝的愁怀。对外口岸关系国家全局，如今东南一带与西洋通商互市，全国的财务源源不断地转运此地。朝廷本应为百姓打算，没想到却想出与外敌和谈的主意。

　　沪上即上海，是清代末年与外国通商的主要城市之一，也是远东屈指可数的大城市。此诗作于1848年，当时王韬正赴上海探亲。年轻的诗人目睹洋人满街、洋货满市的局面，不胜感慨。首联以浩荡的笔势写出上海的气势与对国家的忧思。襟江带海的绝佳位置，如今因洋人侵入，开始令人感慨顿生。这里化用了杜甫《登楼》的"玉垒浮云变古今"，也隐用刘禹锡《西塞山怀古》的"故垒萧萧芦荻秋"句，为繁华的上海城渲染上萧瑟之气，可见诗人的忧思。中间两联是诗人对上海华洋杂处局势的直接描述与议论。在其看来，上海这样的城市本应是国家的门户，如果任由外人的轮船驶入，恣意游弋，那么国家将丧失安全与尊严。同时，正是由于通商政策，导致全国的货物源源不断地运来。"浩荡"言当时贸易之繁荣，"西北"则极言影响范围之远。最后两句涉及对朝廷的态度，本是满腔悲愤，却以讥讽的语气出之，充分表达出对清廷和议政策的不满。有意思的是，王韬在此诗中对通商表示反对，到了后来，其竟然成了热心支持与西方交流的人物。近代局势变幻万千，唯有保持着敏锐的头脑与学习的能力，才不落伍于时代。王韬正是这类人物的代表。

闻中法息战感赋

郑观应

牢补亡羊尚未迟，农工商是富强基。
强邻环伺犹堪虑，当轴因循岂不知！
贾谊上书惟痛哭，班超投笔莫怀疑。
疮痍满目凄凉甚，深盼回春国手医。

郑观应（1842—1922），字正翔，号陶斋，别号杞忧生，广东中山人。著名的启蒙思想家、实业家、教育家，是近代最早形成有体系的维新思想的理论家。郑观应早年在多所外国公司充当买办，深悉中西方的差距，著有《盛世危言》，深刻地指出当时的中国面临的困境，主张发展民族工商业，同西方进行"商战"，以此来富国强兵。此首诗作于中法战争结束后，集中地反映了郑观应对时局的忧思。

全诗大意：战争刚刚结束，要想挽救危局还来得及，振兴农业、工业、商业才是富强的根本。如今西方列强皆图谋中国，局势堪虑，当朝的执政者们还因循守旧，难道他们就不知道形势危急吗？不要学贾谊，上书时只知道痛哭而已，我们要学班超，投笔报国，不要有丝毫的疑虑。如今的国家，已是满目凄凉，千疮百孔，亟须能人来安邦定国。

郑观应不以诗人闻名于世，这首诗也是浅白易懂，不以艺术成就见长，却充满着爱国者的忧虑与反思，渗透入启蒙思维，在近代爱国诗中也是别具一格。中法战争，中国"不败而败"，民族危机进一步加深，而当时的朝野却认为已转危为安，松了一口气。郑观应却在这背后看出了更大的危急在潜伏，并在诗中试图提出国家富强之策。

全诗开篇即宣告出诗人为国家开出的药方，意味着其企盼国家富强的心情已急不可待。他认为此时息战，绝不能苟且偷安，当务之急是振兴工农商业，这才是救国之本。次联实际上是在讨论改革振兴的必要性。在诗人看来，战端虽平，危险的局面还没有改变，当朝的主政大臣不思进取，更让人忧愤。郑观应对当时昏聩群臣的批评在其《与西客谈时事》中更可见一斑："怪哉居要津，犹自耽安逸。无复计变通，只用羁縻术。厝薪卧其上，举火同迅发。其势必燎原，其间不容发。虎视兼狼吞，海疆终决裂。奋笔作此诗，字字含泪血。危言宜深省，聊用告明哲。"可与此诗参读。颈联分别从反、正两面来引用贾谊、班超事迹，表示其以实际行动来报国的决心已不容迟疑。尾联从章法上看实则统括全篇，从主题上看则卒章显志，期待着在满目凋敝的情势下有人能挽狂澜于既倒。全诗充满着深刻的见地，洋溢着平实中透出的劲气。

马　关

吴汝纶

万顷云涛玄海滩，
天风浩荡白鸥闲。
舟人那识伤心地，
为指前程是马关。

吴汝纶（1840—1903），字挚甫，安徽桐城人。晚清桐城派古文大家，著有《吴挚甫文集》等。吴汝纶同时也是著名教育家，长期主讲河北莲池书院。晚年被任命为京师大学堂总教习。1902年，吴汝纶受命东渡日本，考察日本教育情况，此首诗即作于这一历史背景下。

全诗大意：天上有无边的云海，船头有无边的波涛，眼前就要看见那片黑色的海滩了。在这辽阔的海景中，天风浩荡，白鸥闲适。船夫不知道这里是我们中国人的伤心之地，指着前方告诉我，那里就是马关。

1895年，中日在日本马关春帆楼签订《马关条约》，割让台湾，赔款白银两亿两，昔日的堂堂中国败于东邻日本之手，成为中国人难忘的耻辱。吴汝纶此处东渡日本，已距《马关条约》的签订有七年的时光，可这伤痛还未曾消弭。当被请在马关题字时，其大书"伤心之地"四字。此首诗即是对"伤心"二字的诗歌化描绘。全诗从谋篇布局的角度看，深得传统诗歌的意蕴。前两句写辽阔的海景与自在的白鸥，浑是一片山水不关人世愁苦的样态。而越是如此，诗人的伤心愁绪实际上也显得越为兀立而醒目。如韦庄的"无情最是台城柳，依旧烟笼十里堤"等诗正是其先声。而后两句以不知伤心之舟子的一个动作，刻画出诗人伤心的动态化历程。而如杜牧的"商女不知亡国恨，隔江犹唱后庭花"，也是此种路数，同样以他人的蒙昧来凸显诗人的伤心沉痛。在近代以来危急的国家局势面前，近三千年未有的苦难与诗人的探索，赋予传统诗学以新的生命力，这首诗就是显著的证明。

赠梁任父同年

黄遵宪

寸寸河山寸寸金，
侉离分裂力谁任？
杜鹃再拜忧天泪，
精卫无穷填海心。

黄遵宪（1848—1905），字公度，别号人境庐主人，广东嘉应州（梅州）人。晚清诗人、外交家。曾任驻日参赞、旧金山总领事、驻英参赞、新加坡总领事、湖南按察使等职。著有《人境庐诗草》《日本国志》等。黄遵宪是晚清难得一见的具有国际视野的大臣，被誉为"近代中国走向世界第一人"，因此其对国家面临的局势也更为清醒。其写诗主张融新事物入旧风格，极受梁启超等人的推崇。

　　全诗大意：祖国的大好河山，寸土寸金，如今惨遭列强的瓜分，谁要为此承担责任，谁又会为此而努力挽回？我们此时洒下如杜鹃泣血般的眼泪，怀抱着精卫填海的决心，来挽救祖国于沉沦的惨景吧。

　　开篇首句即以饱满的感情来抒发其对祖国大好河山的热爱，可谓字字千金，感人至深，以极简的笔触表达了极为浓烈的爱国情愫。叠音词"寸寸"的连环使用使得这种感情表达得更为千回百转。次句写出山河破碎、列强觊觎的现实，并发出沉痛的追问。懂得首句诗人对山河如何珍惜，便能明了此时其心情又是如何沉痛。如果说前两句用语直白显露，后两句则用语典雅，却沉痛深致，在典丽的语言中寄寓着沉痛的情感。杜鹃用古蜀国望帝的典故。相传望帝传位于丛帝，后来丛帝腐化堕落，望帝便与百姓前去劝说，无果，最后望帝化为杜鹃，声声哀哭，却始终叫着"民为贵，民为贵"。黄遵宪用此典，隐喻着其要求朝廷以国家百姓为重，力求变法的信心。以杜鹃泪为比，更见其沉痛。最后一句则用精卫填海的典故，表示其力量虽然薄弱，却也矢志不渝，誓为挽回乾坤而努力。同时也在勉励着梁启超要向精卫一样，为救国救民而坚持到底。整首诗气势高亢，充满着反思与剖述，更有不屈的抗争精神，是那个时代进步读书人思想的写照。

上岳阳楼

黄遵宪

巍峨雄关据上游，重湖八百望中收。
当心忽压秦头日，画地难分禹迹州。
从古荆蛮原小丑，即今砥柱孰中流？
红髯碧眼知何意，挈镜来登最上头。

岳阳楼是江南三大名楼之一，矗立于吴头楚尾，历来不乏文人墨客的题咏。杜甫、范仲淹、陈与义等人都为其写下过流传千古的名篇，而岳阳楼在长期的历史积淀下，已经成为寄托家国情怀的绝佳之地。光绪二十三年（1897），黄遵宪登上岳阳楼，感念国家内忧外困的局势，挥笔写下此诗。

　　全诗大意：岳阳楼这样雄丽的建筑矗立在长江之上，八百里洞庭在此处可一收眼底。重登此楼，那头顶的日头宛如秦朝那些年的情景，如今再难完整地画出禹迹之图。荆蛮之民，自古以来都被视为丑类，那么如今，又是谁能在时代的洪流中起到中流砥柱之作用。我不知道那些红髯碧眼的异邦人来者何意，姑且拿着照妖镜到那最高楼处一照。

　　此首七律在八句之内包含的感情极为丰富，熔写景、抒情、议论为一炉，在充分表达爱国情志的同时，感情又表达得极为蕴藉，深合中国传统诗歌的审美意趣。首联极写岳阳楼的壮丽，从长江与洞庭两处雄壮的景色中来反衬岳阳楼的声势，似乎只有如此的岳阳楼才能负载起诗人满腔的家国情怀。颔联写当时的国家局势，以"秦头日"来比拟列强咄咄逼人的气焰，而"禹迹"则指中国的版图。此两句意为在列强的侵逼之下，中国的领土已一次次被掠夺。颈联的笔触由世界、国家，聚焦于湖南一省。作此诗时，黄遵宪正赴湖南任按察使。两湖在先秦时代被视为荆蛮之地，《诗经》中就说过："蠢尔蛮荆，大邦为仇。方叔元老，克壮其犹。方叔率止，执讯获丑。"第五句明显地化用此语。在黄遵宪的笔下，两湖特别是湖南的面貌已焕然一新，变法运动如火如荼，已被看作是国家前进中的中流砥柱。这一层转折从小处说是湖南的今昔对比，实质上也未尝不是关于国家局势的隐喻，寄寓着国家由贫弱走向强盛的象征。尾联实质上蕴含着诗人一洗贼氛的期待。岳阳楼初建于三国时期，当时统治岳阳一带的势力为孙权，相传孙权有"紫髯""碧眼"之象，此处以"红髯碧眼"来指称西方列强，可谓别有匠心。

梦　中

刘光第

梦中失叫惊妻子，横海楼船战广州。
五色花旗犹照眼，一灯红穗正垂头。
宗臣有说持边衅，寒女何心泣国仇。
自笑书生最迂阔，壮心飞到海南陬。

刘光第（1859—1898），字裴村，四川富顺人。光绪九年中进士，授刑部候补主事。戊戌变法期间，授军机章京上行走，积极参与新政。变法失败后，喋血菜市口，名列"戊戌六君子"之中。刘光第因对国家现状忧思深沉，故其诗歌中亦多处表现出对国家的挚爱。

全诗大意：在梦中突然失声惊叫，惊醒了妻子，原来是因为有外国战船来侵犯我国的广州。那敌军的旗帜在眼前闪烁，炮弹也正凌空而至。现如今，朝廷的大臣劝说勿起边衅，普通百姓又有何心肠再替国家哭泣。我自笑我身为一介书生，却最为迂阔，我的雄心壮志已经飞到了南海边上。

刘光第这首诗作于中法战争期间，殷殷爱国之心可表。当时刘光第刚中进士，任职京官冷曹，却对国家局势抱着一颗赤子之心。首联开门见山，指出其忧虑的状态与原因。其语意化用自杜甫《闻官军收河南河北》的"剑外忽传收蓟北，初闻涕泪满衣裳。却看妻子愁何在，漫卷诗书喜欲狂"。虽一喜一悲，其殷切的爱国之心却没有二致。颔联以白描化的笔触写敌军的嚣张声势，而"照眼"与"垂头"，更直观性地说明了当时的局势危急到何种地步。在如此局面下，颈联的对比才显得别有意味。"宗臣"指当时主持对外工作的李鸿章，李鸿章在此次战争中力主议和，诗人于此处将李鸿章的立场平淡地写出，却在下句的映照下更显示出其可鄙可耻。"寒女"典出《列女传》。鲁国有一女子过时未嫁，倚柱叹息。邻妇问起何故，答曰："吾忧君老，太子幼。"邻妇曰："此卿大夫之忧也。"女子回答："鲁国有患，君臣父子皆被其辱，妇人独安所避乎？"诗人用此典，意在指摘李鸿章无能卖国，而百姓爱国的热情也无用武之地。尾联则直抒胸臆，自笑迂阔，实则指其明知不可为而为之的勇气、舍身报国的决心。最后表示要身临前线，为国家效力，其爱国之热忱在"飞"字中尽显。此诗实为爱国主义诗歌的典范，声势沉雄，意态高昂。

出都留别诸公

康有为

天龙作骑万灵从，独立飞来缥缈峰。
怀抱芳馨兰一握，纵横宙合雾千重。
眼中战国成争鹿，海内人才孰卧龙？
抚剑长号归去也，千山风雨啸青锋。

康有为（1858—1927），又名祖诒，字广厦，号长素，广东南海人，世称"康南海"。清末著名改良政治家，发起了"戊戌变法"，同时也是清末有名的诗人，在其诗中多充满着对国家前途的忧思，在世界大势的视野下思考国家的命运走向。

全诗大意：我以天龙为坐骑，后面又有无数神灵跟从，到了这如飞来般的缥缈峰上。我具备着美好的品德与干练的才干，而眼前时局纷纭，看不清真相。如今的国际局势浑如当年的战国之际，中国正如一只肥鹿，正被列强追逐，只是如今，中国有谁是像诸葛亮那样的人物？此情此景，我只能带着长剑，回到故乡，而这青锋宝剑在无边的风雨中也不禁亢声长鸣。

这首诗的写作背景是康有为早年上书光绪帝，请求变法，没有成功后无奈返乡。诗题下有注云："吾以诸生请变法，开国未有。群疑交集，乃行。"其间的落寞心境可想而知，而细阅全诗，诗中又充满着不屈的刚健之气。前四句营造出一个朦胧缥缈而奇幻的世界，深得《楚辞》遗意。主人公驾着龙车，引领着四方神灵，又满身香草，握兰怀馨，完全是《离骚》中屈原的打扮，也寄寓着诗人有屈原般的节操、才干与追求。第四句"纵横宙合雾千重"，以传统诗歌中用云雾来隐喻政治形势的熟典，来比拟当时糟糕的国势，自然引到诗歌的后半段。五、六句将中国比喻成列强追逐的鹿，生动地展示了国家的危亡局面，呼唤着有诸葛亮般的人才来重整乾坤，同时也有以诸葛亮自命的雄心。最后两句写其归乡时的感受，不直接写心境，却以剑声来代指心声。在以宝剑自喻的同时，已尽显其无穷的抱负与不屈的志节，展示出浑然不畏的傲岸品格。全诗写个人抱负，却深有余味；写国家局势的紧张，又不流于哀号叫嚣，极有古典韵味，是以古典诗写国家大事的新格局。

春　愁

丘逢甲

春愁难遣强看山，
往事惊心泪欲潸。
四百万人同一哭，
去年今日割台湾。

丘逢甲（1864—1912），近代著名爱国诗人，祖籍广东嘉应州（今广东梅州），生于台湾苗栗。清廷甲午战败，台湾被割让于日本，丘逢甲内渡回到大陆。终其一生，都在尽着光复台湾的努力。其诗中充满着浓厚的家国情怀，蕴藏着民族最深沉的苦痛与最坚韧的希望。

　　全诗大意：春天到了，心里充满着愁绪，无处排遣，聊且看看外面的青山作为安慰。可往事件件惊心，一旦想起，就不免潸然泪落。全台湾的人民想起这事都会齐声痛哭，正是在去年的这个时候，宝岛台湾被割让到倭寇之手。

　　此诗主旨明晰，语言晓畅，寄托的痛悼台湾沦亡的情绪，老妪能解。可诗人在其中惨淡经营之匠心，让这种哀苦的情感更为动人。起首第一句，乃是古代伤春悲秋诗的常见写法，因无聊而看风景，因风景而兴感触是诗人笔下的士女们寄托情怀的惯用路数。如王昌龄的"闺中少妇不知愁，春日凝妆上翠楼"，温庭筠的"梳洗罢，独倚望江楼"，皆是如此。而在这首诗中，起笔愈普通，也预兆着后来的感情就越悲切。第二句写由往事惊心而下泪，相比第一句，情感更为深沉，此诗的感情已非"春愁"所能概括，而是有"惊心"之事。至于何事惊心，第三句指出，非个人的情感，这份惊心愁绪要四百万人共同承载。"四百万人同一哭"，同时也寄寓着这份伤痛至今还未能弥补，诗人个人的惊心春愁，在这里与四百万人的情怀融为一体，更显得惊心动魄，气势感人。由此，也可见此前提到的春愁绝非强自说愁的无病呻吟。最后一句，极为利落地揭示出诗人春愁与四百万人同一哭的原因，正是因为去年此时台湾离开了祖国的怀抱啊。光绪二十一年三月十三日，一纸《马关条约》签订，日本窃取台湾。这个春天里的惨痛，是当时全体中国人要永久铭记于心的。整首诗表面上看起来平淡自然，却蕴含着巨大的民族悲痛，同时也极大地提升了"春愁"的内涵，将个人的感伤愁绪上升为全民族的痛楚。也只有在民族危机深重的时刻，才孕育出如此强健的文化品位。

有感一章

谭嗣同

世间无物抵春愁，
合向苍冥一哭休。
四万万人齐下泪，
天涯何处是神州？

谭嗣同（1865—1898），字复生，号壮飞，湖南浏阳人。晚清著名政治家、思想家、维新志士。他公开提出废科举、兴学校、开矿藏、修铁路、办工厂、改官制等变法维新的主张，写文章抨击清政府的卖国投降政策。1898 年变法失败后，慷慨就义，年仅三十三岁，为"戊戌六君子"之一。此诗作于甲午战争后的第一个春天，痛感列强图谋瓜分中国之惨剧，愤而作此诗。

全诗大意：世间没有什么事物能抵得春天的愁苦，此时此景，应当面对苍天一哭而休。四亿人民一起痛哭，普天之下，哪里还有中国的疆土！

全诗开篇即营造出低沉压抑的情感基调，并贯串全诗。春天本是花红柳绿、生机盎然的季节，对于一位爱国爱民的青年志士而言，心中却会情不自禁地回想起同样是在春天发生的国家人民所蒙受的耻辱。诗中的"春愁"并不是人们想当然的那种封建文人雅士所滥用的风花雪月之愁情，亦不是少年不识愁滋味而强作愁的感时伤春的愁绪。而"春愁"在此处指的是诗人对国事的苦闷、忧虑。它所流露出来的是一种突破了个人情感的忧国忧民之情，正因为诗人心中积蓄着太多太多无法排解的情绪，而如此深广的忧愤却处处受到腐朽落后的清政府的限制和压抑，故而，诗人在第二句中亦只能够向着苍天"一哭休"了。这"向苍冥一哭"的细节，将诗人满腔悲愤却无处倾诉的心态，表现得生动而催人泪下。当然，诗人深广的忧愤并不仅仅是因为清廷一战的失利，而是当时面临的亡国灭种的悲剧，最后两句说得非常清楚。四万万人一起哭泣，何等悲壮，亦足见全民族都陷入濒临亡国的哀愁中，诗人个人的忧愤由此上升为全民族的悲愤，笔势壮丽，令人凄然。最后以一句反问结束，既显得慷慨激昂，又含蓄蕴藉，发人深省。

读陆放翁集（其二）

梁启超

辜负胸中十万兵，
百无聊赖以诗鸣。
谁怜爱国千行泪，
说到胡尘意不平。

梁启超（1873—1929），字卓如，一字任甫，号任公，又号饮冰室主人等，广东新会人。近代著名政治家、思想家、学者。梁启超是戊戌变法的领导人之一，后思想渐倾向于革命。民国建立后，曾任财政总长、司法总长等职。晚年倾心于学术研究。梁启超在文学领域先后发起"诗界革命""小说界革命"等，倡导新文风，影响深远。

全诗大意：陆游胸藏韬略，可惜终身不得施展，百无聊赖之下，只有以诗歌来排遣雄心抱负。有谁去怜惜他为国家流下的千行眼泪，每次说到国仇胡人，就意气不平。

陆游是南宋最坚定的爱国者之一，一心渴望收复失地，国家统一；梁启超也是晚清最伟大的爱国者之一，终身致力于国家的富强。两位相隔数百年的爱国者心意相通，陆游那些荡气回肠的爱国诗篇，同样激起梁启超的爱国热肠。首句化用自陆游《弋阳道中遇大雪》"起倾斗酒歌出塞，弹压胸中十万兵"，既肯定陆游在政治军事上的卓越才能，也更同情陆游的不幸遭遇。此句"以诗鸣"，化用自韩愈《送孟东野序》"大凡物不得其平则鸣……其存而在下者，孟郊东野始以其诗鸣"，紧承前句而来，言陆游生平只有以诗来发泄胸中的愤懑。这其实也是梁启超自我心灵的写照，当时戊戌变法失败后，梁启超亡命日本，胸中愤懑难平，写下如《爱国歌》等诗篇以寄托爱国热情。第三句提到的"千行泪"，既指陆游笔下"胡未灭，鬓先秋，泪空流"之泪，也指梁启超"满腔都是血泪，无处着悲歌"之泪，在怜放翁的同时，也是自怜，寄寓着深厚的情感共鸣。最后以"胡尘"再将两人的命运联系在一起，表示出对帝国主义列强的强烈不满。全诗既是怀古，更是借陆游之遭际，写本人之胸怀，在慷慨激愤中显示出强烈的用世之志与报国之心。

黄海舟中日人索句并见日俄战争地图

秋 瑾

万里乘云去复来，只身东海挟春雷。
忍看图画移颜色，肯使江山付劫灰？
浊酒不销忧国泪，救时应仗出群才。
拼将十万头颅血，须把乾坤力挽回。

秋瑾（1875—1907），号鉴湖女侠，浙江绍兴人。清末著名的女革命家。1907 年，因在绍兴发动反清起义，被清廷捕杀。其慷慨就义的事迹在当时及后世传诵极广，被写进诗词文章，被编入戏剧、小说，秋瑾这个爱国女侠的光辉形象从此深入人心。秋瑾性格豪爽慷慨，好武喜侠，嫉恶如仇，对当时懦弱卖国的清政府与侵凌中国的东西洋列强都怀着满腔的愤恨，改造国家的愿望极为强烈。故其诗中始终回荡着回肠荡气的爱国激情，堪为清末救国诗歌的最强音。

全诗大意：中日两国相隔万里波涛，我一次次地在其间来回，每一次都伴随着滚滚春雷。实在不忍心看着地图上的中国领土反复变换颜色，又怎么能看着山河毁灭而无动于衷呢。现在尽管有酒，也难消我忧国的烦忧，在如今这个世界，要挽救国家，必须要有出类拔萃的人才。国家衰败至此，我们就是要拼尽十万人的性命，也要再造乾坤，给国家以新生。

这首诗作于秋瑾一次从日本回国途中。当时日俄战争刚刚结束，双方签订了《朴茨茅斯和约》，重新瓜分了各自在中国东北的势力范围，故当时新出版的地图也将东北地区的颜色重新做了标注。面对两个帝国主义国家对中国的肆意宰割，秋瑾极为愤慨，挥笔写下这首气势刚健的诗歌。

首联起笔不凡，气势磅礴，树立起一位英风豪迈的志士形象。"万里乘云"用了列子乘虚御风的典故，刘宋时期的宗悫也说过"愿乘长风，破万里浪"，经李白的"长风破浪会有时，直挂云帆济沧海"的点染后，已经成了满怀壮志豪情的经典意象。秋瑾在此处化用，切合当时乘船渡海的环境，更显其超迈的胸襟与豪气。颔联语气一沉，沉痛地说出山河沉沦的现实，由地图上的山河变色，想到国家的危亡，甚至会有化为劫灰的惨痛。"劫灰"暗用了《搜神记》中的传说，说当时昆明池底的灰墨是当年天地大劫后残余的灰尘，这里用来指国家无可挽救的局面。颈联没有将这种叹惋的心情延续下去，而是豁然高昂，表示必定要有人奋起改变局势，其中也有以"出群才"自命的意味。其中"救时应仗出群才"化用杜甫诗"安危须仗出群才"，极为妥帖，且意态更为雄健。尾联紧承此而下，显得刚劲有力，气势雄健，宣告其挽救国家的雄心，寄寓着其愿为国家抛头颅洒热血的宏愿。仅仅两年后，在绍兴的轩亭口，秋瑾以自己的生命，为挽回乾坤尽了最后一份力量。

图书在版编目（CIP）数据

愿得此生长报国／朱泽宝编著. — 北京：中国文史出版社，
2020.7

（中华好诗词·爱国卷）

ISBN 978-7-5205-1473-6

Ⅰ. ①愿… Ⅱ. ①朱… Ⅲ. ①古典诗歌-鉴赏-中国

Ⅳ. ①I207.2

中国版本图书馆 CIP 数据核字（2019）第 248138 号

责任编辑：卢祥秋

出版发行：**中国文史出版社**

社　　址：北京市海淀区西八里庄 69 号院　　邮编：100142

电　　话：010-81136606　81136602　81136603（发行部）

传　　真：010-81136655

印　　装：北京新华印刷有限公司

经　　销：全国新华书店

开　　本：720×1020　1/16

印　　张：20.5　　字数：110 千字

版　　次：2020 年 7 月第 1 版

印　　次：2020 年 7 月第 1 次印刷

定　　价：58.00 元